毕飞宇 著

苏北少年"堂吉诃德"

人民文学出版社
PEOPLE'S LITERATURE PUBLISHING HOUSE

图书在版编目(CIP)数据

苏北少年"堂吉诃德"/毕飞宇著. —北京：人民文学出版社，2021
(我们小时候：精装珍藏版)
ISBN 978-7-02-016434-9

Ⅰ.①苏… Ⅱ.①毕… Ⅲ.①散文集-中国-当代 Ⅳ.①I267

中国版本图书馆 CIP 数据核字(2020)第 106562 号

丛书策划　陈　丰
责任编辑　甘　慧　李　殷
装帧设计　汪佳诗
插　　图　猪　蹄

出版发行　人民文学出版社
社　　址　北京市朝内大街 166 号
邮政编码　100705
网　　址　http://www.rw-cn.com

印　　制　上海利丰雅高印刷有限公司
经　　销　全国新华书店等

开　　本　889 毫米×1194 毫米　1/32
印　　张　10.875
字　　数　110 千字
版　　次　2017 年 5 月北京第 1 版
印　　次　2021 年 1 月第 1 次印刷

书　　号　978-7-02-016434-9
定　　价　79.00 元

如有印装质量问题，请与本社图书销售中心调换。电话：010-65233595

编者的话
大作家与小读者

"我们小时候……"长辈对孩子如是说。接下去,他们会说他们小时候没有什么,他们小时候不敢怎样,他们小时候还能看见什么,他们小时候梦想什么……翻开这套书,如同翻看一本本珍贵的童年老照片。老照片已经泛黄,或者折了角,每一张照片讲述一个故事,折射一个时代。

很少人会记得小时候读过的那些应景课文,但是课本里大作家的往事回忆却深藏在我们脑海的某一个角落里。朱自清父亲的背影、鲁迅童年的伙伴闰土、冰心的那盏小橘灯……这些形象因久远而模糊,但是永不磨灭。我们就此认识了一位位作家，走进他们的世界，学着从生活平淡的细节中捕捉永恒的瞬间，然后也许会步入文学的殿堂。

王安忆说："历史是胜利者的历史，记忆也是，谁的记忆谁有发言权，谁让是我来记忆这一切呢？那些沙砾似的小孩子，他们的形状只得湮灭在大人物的阴影之下了。可他们还是摇曳着气流，在某种程度上，修改与描画着他人记忆的图景。"如果王安忆没有弄堂里的童年，忽视了"那些沙砾似的小孩子"，就可能没有《长恨歌》这部上海的记忆，我们的文学史上或许就少了一部上海史诗。儿时用心灵观察、体验到的一切可以受用一生。如苏童所言，"童年的记忆非常遥远却又非常清晰"。普鲁斯特小时候在姨妈家吃的玛德莱娜小甜点的味道打开了他记忆的闸门，由此产生了三千多页的长篇巨著《追寻逝去的时光》。苏童因为对儿时空气中飘浮的"那种樟脑丸的气味"和雨点落在青瓦上"清脆的铃铛般的敲击声"记忆犹新，因为对苏州百年老街上店铺柜台里外的各色人等怀有温情，

苏北少年"堂吉诃德"

他日后的"香椿树街"系列才有声有色。汤圆、蚕豆、当甘蔗啃的玉米秸……儿时可怜的零食留给毕飞宇的却是分享的滋味,江南草房子和大地的气息更一路伴随他的写作生涯。迟子建恋恋不忘儿时夏日晚饭时的袅袅蚊烟,"为那股亲切而熟悉的气息的远去而深深地怅惘着",她的作品中常常飘浮着一缕缕怀旧的氤氲。

什么样的童年是美好的?生长于上世纪六十年代、七十年代动乱时期的中国父母们很难回答这个问题。他们中的大多数人没有团花似锦的童年。"在漫长的童年时光里,我不记得童话、糖果、游戏和来自大人的过分的溺爱,我记得的是清苦,记得一盏十五瓦的黯淡的灯泡照耀着我们的家,潮湿的未浇水泥的砖地,简陋的散发着霉味的家具……"苏童的童年印象很多人并不陌生。但是清贫和孤寂却不等于心灵贫乏和空虚,不等于没有情趣。儿童时代最温馨的记忆是玩过什么。那个时代玩具几乎是奢侈品,娱乐几乎被等同于奢靡。但是大自然却能给孩子们提供很多玩耍的场所和玩物。毕飞宇和小伙伴们不定期地举行"桑树会议"，每个屁孩在一棵桑树上找到自己的枝头坐下颤悠着，做出他们的"重大决策"。辫子姐姐的宝贝玩具是蚕宝宝的"大卧房"，半夜开灯看着盒子里"厚厚一层绒布上一些小小的生命在动，细细的，像一段段没有光泽的白棉线。我蹲在那里，看蚕宝宝吃桑叶。好几条蚕宝宝伸直了身体，对准一片叶子发动'进攻'。叶子边有趣地一点点凹进去，弯成一道波浪形"。那份甜蜜赛过今天女孩子们抱着芭比娃娃过家家。

最热闹的大概要数画家黄永玉一家了，用他女儿黑妮的话说，"我们家好比一艘载着动物的诺亚方舟，由妈妈把舵。跟妈妈一起过日子的不光是爸爸和后来添的我们俩，还分期、分段捎带着小猫大白、荷兰猪土彼得、麻鸭无事忙、小鸡玛瑙、金花鼠米米、喜鹊喳喳、猫黄老闷儿、猴伊沃、猫菲菲、变色龙克莱玛、狗基诺和绿毛龟六绒"，这家人竟然还从森林里带回家一只小黑熊。这艘大船的掌舵人张梅溪女士让我们见识了上世纪五十年代的小兴安岭，带我们走进森林动物世界。

　　物质匮乏意味着等待、期盼。比如等着吃到一块点心，梦想得到一个玩具，盼着看一场电影。哀莫大于心死，祈望虽然难耐，却不会使人麻木。渴望中的孩子听觉、嗅觉、视觉和心灵会更敏感。"我的童年是在等待中度过的，我的少年也是在等待中度过的……一次又一次的失望让我拥有了无与伦比的忍受力。我的早熟一定与我的等待和失望有关。在等待的过程中，你内心的内容在疯狂地生长。每一天你都是空虚的，但每一天你都不空虚。"毕飞宇在这样的期待中成长，他一年四季观望着大地变幻着的色彩，贪婪地吸吮着大地的气息，倾听着"泥土在开裂，庄稼在抽穗，流水在浇灌"。没有他少年时在无垠的田野上的守望，就不会有他日后《玉米》《平原》等乡村题材的杰作。

　　而童年留给迟子建的则是大自然的调色板。她画出了月光下白桦林的静谧、北极光令人战栗的壮美，还有秋霜染过的山峦……她笔下那些背靠绚丽的五花山"弯腰弓背溜土豆"的孩子，让人想起米勒的《拾穗者》。莫奈的一池睡莲虚无缥缈，如诗如乐，凡·高的向日葵激情四射，如奔腾的火焰……可哪个画家又能画出迟子建笔下炊烟的灵性？"炊烟是房屋升起的云朵，是劈柴化成的幽魂。它们经过了火光的历练，又钻过了一段漆黑的烟道，一旦从烟囱中脱颖而出，就带着一种超凡脱俗的气质，宁静、纯洁、轻盈、缥缈。天空无云，它们就是空中的云朵；而有云的日子，它们就是云的长裙下飘逸的流苏。"

所以，毕飞宇说："如果你的启蒙老师是大自然，你的一生都将幸运。"

作家们没有美化自己的童年，没有渲染贫困，更不是"为赋新词强说愁"，而是从童年记忆中汲取养分，把童年时的心灵感受诉诸笔端。

如今我们用数码相机、iPad、智能手机不假思索地拍下每一处风景、每一个瞬间、每一个表情、每一个角落、每一道佳肴，然后轻轻一点，很豪爽地把很多图像扔进垃圾档。我们的记忆在泛滥，在掉价。几十年后，小读者的孩子看我们的时代，不用瞪着一张

苏北少年"堂吉诃德"

张发黄的老照片发呆，遥想当年。他们有太多的色彩斑斓的影像资料，他们要做的是拨开扑朔迷离的光影，筛选记忆。可是，今天的小读者们更要靠父辈们的叙述了解他们的过去。其实，精湛的文本胜过图片，因为你可以知道照片背后的故事。

我们希望，少年读了这套书可以对父辈说："我知道，你们小时候……"我们希望，父母们翻看这套书则可以重温自己的童年，唤醒记忆深处残存的儿时梦想。

我们期待着更多的作家加入进来，为了小读者，激活你们童年的记忆。

童年印象，吉光片羽，隽永而清新。

陈　丰

目 录

楔子

第一章 衣食住行	补丁	3
	游泳裤	9
	口袋	15
	袜子	23
	玉米秆	28
	汤圆	35
	蚕豆	42
	庙	51
	草房子	56
	家具手电筒	65
	家具热水瓶	71
	水上行路	80

第二章 玩过的东西	桑树	89
	鸟窝	97
	九月的云	103
	蒲苇棒	108
	蚂蟥	112
	红蜻蜓	116

第三章 我和动物们	猪	125
	马	141
	牛	145
	羊	154

第四章 手艺人	木匠	168
	瓦匠	176
	弹棉花的	181
	锡匠	188
	篾匠	192
	皮匠	197
	剃头匠	205

第五章 大地	麦地	216
	稻田	222
	棉花地	232
	自留地	236
	荒地	240

第六章 童年情境	磨坊	246
	水利工地	251
	打孩子	256
	葬礼	262
	现场大会	268
	父亲的姓名 (1)	275
	父亲的姓名 (2)	280
	池塘	285
	床	288

第七章 几个人	盲人老大朱	296
	哑巴	305
	黄俊祥	310
	陈德荣	317

故事总是这样开始：
"从前……"（代后记） 326

楔　子

我出生的那个村子叫"杨家庄",我的父母亲则是杨家庄小学的乡村教师。1969年,父母亲的工作调动了,我们一家要去一个叫"陆王"的村子。这一调,生活的谜底揭开了,五岁的孩子知道了一个很不好的事情:我们不是"杨家庄"的,我们家和"杨家庄"没有任何关系,这里的爷爷、奶奶、叔叔、婶子、舅舅、舅妈全是假的。去"陆王"也没有什么不好,可五岁的孩子感受到了一件事,他的生活被连根拔起了,一敲,所有的泥土都掉光了,光秃秃的。

我们家在"陆王"一直生活到1975年。1975年,一切都好好的,父母的工作又调动了,我们要去一个叫"中堡"的镇子了——去"中堡"镇同样也没有什么不好,可十一岁的少年知道了,他的生活将再一次被连根拔起,他所有的玩伴将杳无踪影。

比起我的二姐来,我要幸运一些,我少颠簸了一次,我的二姐还在"东方红村"待过的呢。

比起我的大姐来,我的二姐又要幸运一些,我的大姐还在"棒徐村"待过的呢。

咳,这么多的地名,有些乱了,还是重点说一说我的"陆王村"吧。

就在"陆王村",我知道了一件大事:我不只是和"杨家庄"、"陆王村"没有关系,我甚至和我周边的农田也没有关系,我的户口是"国家"的。告诉我这个秘密的是我的一个邻居,他比我大七八岁——他的依据是我们家的城镇居民粮油供应本。一个孩子哪里能弄得懂"户口"、"国家"这样尖端的科技话题呢?我最真实的感受是这样的:我背叛了自己的故乡,和"汉奸"也差不多——你到底是什么地方的人呢?答不上来的。"国家"不可企及。等我知道"国家户口"到底意味着什么的时候,我差不多已经是一个青年了。

当然了,我不会为此伤神,更不会去问我的父母。孩子的直觉是惊人的——我们来到这里,不会是一件光彩的事;孩子的世故也是惊人的——父母亲一直不说的事,你就永远也不要去问。

漂。漂啊漂。漂过来漂过去,有一样东西在我的血液里反而根深蒂固了:远方。我知道我来自远方,我也隐隐约约地知道,我的将来也在远方。我唯一不属于的仅仅是"这里"。

1979年,我们家离开中堡镇,去了一个叫"兴化"的县城。作为一个十五岁的少年,我的生活又一次被连根拔起了。老实说,这一次是我向往的,一个崭新的"远方"在等着我呢。但十五岁的少年犯了一个十五岁的孩子最容易犯的错,我过于乐观了。在兴化,我们一无所有,连一个平米的住房都没有。我们一家就待在一个叫"人民旅社"的旅店里,所有的旅客经过"我们家"门口的时候,瞳孔里都有狐疑的目光。我也很狐疑。父亲说过的,我们"回老家"了,而我的生活为什么如此破碎？一切都是临时的，敷衍的。我的家居然还有代号：201、203，每一床被子和每一个枕头上都有鲜红的"人民旅社"。到了吃饭的时候，所有人都拿起碗，穿越大街，去一家机关食堂——我至今不喜欢酒店的生活，多么豪华的酒店我都不喜欢。

艾青有一句诗："我做了生我的父母家里的新客了。"我发誓，在我读《大堰河——我的保姆》的时候，我的魂晃悠了一下，我觉得这句诗是我写的。诗的好坏其实就是一个时间问题，所谓好，就是有人抢在你前面把它写下来了。"新客"的感受是迷人的，在你还是"新客"的时候；"新客"的感受又是折磨人的，当你不再"新"的时候。我就此成了一个忧郁的少年。我时常怀旧。我想念我的"杨家庄"，想念我的"陆王村"，想念我的"中堡镇"。在我的故乡，我坚定了一个想法，我有过故乡，只不过命运把它们切开了，分别丢在了不同的远方。我远远地望着它们，很少说话。十五岁少年一下子就老了，他的沉默布满了老人斑。

这一切是怎么发生的呢？这一切是注定的，在我出

苏北少年"堂吉诃德"

生之前就注定了。

早在1957年,在我的母亲还怀着我大姐的时候,我的父亲就成了"右派"了。"右派"这个词很有意思,我翻译一下,其实就是坏人;好人呢,好人当然是"左派"。我们的政治向来就是站队的政治,你不是站在"左边"就是站在"右边"。回过头来想想,幸亏我不是一个房地产的开发商,如果是,我想我会急坏的。在"左边"和"右边"之间,那是一个多么开阔和巨大的中间地带啊,它怎么就空了呢?它是怎么就没人的呢?它是怎么就没有楼盘的呢?心疼死我了。多好的地段哪,那么辽阔,它硬是抛荒了。

作为一个"右派"在1964年所生的儿子,我不是出生在张家庄就是出生在王家庄,不是出生在李家庄就是出生在赵家庄。这是一定的。同样,我不可能属于张家庄、王家庄、李家庄、赵家庄,我只是要经历它们,感受它们,看它们,听它们,抚摸它们。这也是一定的。我是怎么看待这件事情的呢?我的答案只有一个,我很满意。没有比这更好的"人之初"了,我可以在大地上开始我的人生。我的一切如同彩排，如同计划，一切都按部就班，乡村、小镇、县城、都市，很齐全。一天又一天，我从它们的背脊上"过"过来了。

我如此满意，需要感谢谁呢？这个问题难住我了——不，我没有感谢，关于这一切，没有什么人需要我去感谢。如果我一定要感谢的话，我只能感谢我的父母，他们用他们半辈子的不幸和屈辱替他们的儿子争取到了广阔。这是奢侈的。但我不会对我的父母说。这样说很不孝，几乎就是骂人。

我只会说："命运让我这样，我就这样了。"这句话很沮丧，这句话很自豪。

事实上，我既不沮丧也不自豪。我很平静，是一个老人的语调："命运让我这样，我就这样了。"

是这样的——

第一章 衣食住行

六十年代和七十年代的贫穷还需要再说么？毋庸置喙了。可我对那样的贫穷并不敏感，是真的，再穷我都不敏感。我几乎没有控诉过我在童年与少年的贫穷。为什么呢？我生在那样的时代，我生在那样的地方，我一直以为生活就应该是那样的。谁能想到生活可以"不愁吃"、"不愁穿"呢？一不"愁吃"、二不"愁穿"，你活着还有什么意义？你活着究竟是为了什么？那也太危险的。

电影《艳阳天》里有一个经典的桥段。不知道是谁，在墙上写了一个大大的"富"字。结果呢？主人公肖长春举起了他的铁锹，奋力把它捣碎了、铲平了，露天电影的广场上响起了经久不息的掌声。是的，"富"是一个很丑陋的字，我在认识这个字的同时就认识到它的丑陋了，笔画那么多，中间还有一张贪婪的嘴,下面还有"田"呢,一不小心就跑到田字格的外面去了。和"富农"必须要打倒一样,"富"这个字必须打倒。

当然了,愁也好,不愁也好,衣食住行终究是日常生活最为基础的部分。我不能答应那样的衣食住行再一次回到我的生活里来,我活不下去的。可是,那样的衣食住行离我们也不遥远,才三十多年。

补　丁

　　我的母亲毕业于师范学校，方圆几十里之内，她是最大的知识分子。知识分子一定有知识分子的讲究，比方说，衣着。她可以穿得很破，她的衣服上可以有很多补丁，但是，裤子上必须有两条缝，衬衣的胸前也必须有两条缝。作为一个女性，母亲很喜欢周恩来，她说，周恩来"气质好"。"气质"这个词哪里是我能听得懂的？听不懂就研究。我花了很多时间去研究《人民日报》——那时候我还不能读报呢。我的研究成果出来了：在所有的图片上，周恩来都有一个共同的特点，裤管上有两道缝。当周恩来曲着他的胳膊站在外国友人面前的时候，他的两条裤管"可以开火车"——母亲是这样说的。从此我就懂了，"气质"不是什么玄妙的东西，就是裤子上的缝。有一年的寒假，全县的教师组织学习，母亲把我带过去了。远远的，我看见了一位女教师，她的裤子上有两道笔直的裤缝，我突然冒出来一句："她气质好。"所有的教师都回过头来，他们用惊讶的目光盯着我。我一下子就在母亲的学习班上出名了。"气质好"的那位女教师还特地给我买了一只烧饼。看来，说别人"气质好"就是好。

母亲也有母亲的麻烦，她时常要穿有补丁的裤子——裤子上的补丁一般在哪里呢？膝盖的部分。这一来麻烦得很。因为补丁，母亲很难保证裤子上的"缝"。

还是先说裤子上的补丁吧。那时候有一幅非常著名的油画，名字我记不得了，画面我却是记得的——年轻的、瘦削的毛泽东站在延安的窑洞前面，他扳着他的手指头，正在讲"第一点"。在我看来，那张著名的油画有两个亮点，一个在上，一个在下：一、毛泽东和我们小孩一样喜欢扳手指；二、毛泽东的裤子也和我们一样，膝盖那里有两个醒目的大补丁。

我不知道毛泽东的那两个补丁有没有引导"政治时尚"，我只知道人们对膝盖上的补丁有了一种近乎迷恋的喜爱——伟大的舵手都是如此这般的呢。

母亲的膝盖上也有补丁，但补丁并没有降低母亲对"裤缝"的热情。在参加一些重要的场合之前，母亲会把开水倒在搪瓷茶缸里，拿茶缸做熨斗，来来回回地"熨"。实在不行的话，她也会把裤子折叠好了，用屁股去压一压。有一次，村子里来了一位摄影师，他的相片一共有两个款式，一寸的头像和两寸的全身像，母亲选择的是两寸的全身像。照片洗出来之后，所有的人都惊讶于我母亲的照片——同样的时刻、同样的地点，"陈老师"站在那里怎么就那么高挑、那么漂亮呢？我现在就告诉大家答案：母亲熨了她的裤子，母亲还站了"丁"字步。两条裤缝构成了九十度的关系，"陈老师"一下子就挺拔了——这和裤子的中部鼓着两个空荡荡的"膝盖"是很不一样的。看看毛泽东的油画像吧——如果那两块

补丁是鼓起来的,那么,毛泽东就是一个农民;如果那两块补丁是平整的,毛泽东就只能是一个革命的领袖。

母亲是知识分子,但她和乡亲们的关系处得相当好。是哪一天呢,几个女人到我们家拉家常了。拉家常就是说闲话,而说闲话永远都是说闲话。一个高个子的女人终于对我的母亲说了:"你瞧瞧她儿子身上的补丁。"这是在说另一个女人的不是了。高个子女人的话很怪,她明明在批评那个女人,着眼点却是"她儿子身上的补丁"。

我和我的母亲一起瞧见"她儿子身上的补丁"了,不看不知道,一看吓一跳,"她儿子"身上的补丁真的很糟糕!是的,补丁不是别的,它体现了一个家庭主妇的综合

苏北少年"堂吉诃德"

能力——补丁剪裁得方不方,针脚缝得齐不齐,在衣服上熨帖不熨帖,颜色和谐不和谐,这些都是问题。我的母亲能歌善舞,却不会拿针。她把我的衣服拿出来,看了看,惭愧了。我衣服上的补丁有问题,针脚也算不上齐齐整整的——母亲怎么能容忍这个呢?母亲拿出剪刀,用剪刀的刀尖把线头挑开了,撕膏药那样,她把我衣服上的补丁全撕了。母亲抱着我的衣服去了大队会计的家。大队会计的老婆,也就是"会计娘子",她有缝纫机。"会计娘子"实在是手巧的,她拿出她的大剪刀,把补丁修理得方方正正,然后,贴在我的破衣服上,用指甲刮了刮,摁住,再然后,踩动了她的缝纫机。

我很感谢我的母亲,虽然家里很穷,但是,母亲把我们拾掇得很干净,所有的补丁都周周正正。我们从不邋遢。父亲说,做人最重要的事情是受人尊敬,母亲说,做人最重要的事情是体面。这是一回事。体面是受人尊敬的前提,受人尊敬是体面的结果,事情就是这么简单。我不敢说我是受人尊敬的,但是,我和我的父母一样,都是体面的人,这样的自信我有。

就在两三年前,儿子读初中的时候,他在放学回家之后突然抱怨开了。他觉得家里穷——毫无疑问,他不知道在哪里受什么刺激了。我告诉儿子,这样说不好,没出息。穷不等于不体面,富不等于体面。这不是什么大道理,生活真的就是这样。我对儿子说:"如果你将来不富裕而受人尊敬,我将为你骄傲;如果你很有钱而得不到尊重,我会非常失望。"可儿子坚持认为,还是又有钱又受人尊敬比较牛。好吧,上阵父子兵,咱爷儿俩一起努力——虽然这从来就不是一件容易的事。

游泳裤

　　光屁股游泳算不算裸泳？不算。光屁股游泳是一件很原始的事。裸泳呢？却是城里的年轻人所玩的时髦游戏。

　　我记不得我是几岁开始游泳的，我的父母怎么从来就没有过问过这件事呢？我至今还记得我带着我的孩子去学游泳的情形——教练就在他的身边，可我依然不放心，一步也不肯离开泳池。我不能说我的父母不关心我，我只能说，在他们的眼里，夏天来了，他们的孩子泡在河里是一件再正常不过的事，和一条泥鳅泡在水里绝对没有什么两样。

　　乡下人学游泳永远是一个谜，没有一个人真的"学"过，划着划着，突然，你就会了。这个突然真的是"突然"，仿佛身体得到了神的启示，你的身体拥有了浮力，你和水的关系一下子就建立起来了。从这个意义上说，我相信所谓的"基因"，作为最初的"水族"，人体的内部一定储存着关于水的基因，说白了，关于水的记忆。同样，我相信人体的内部储存着音乐的基因、绘画的基因和文学的基因。摧毁基因的大多是愚蠢的父母，孩子是他们的，他们自作聪明，自然而然就成了孩子的老师。结果呢，神秘的基因消失了，水银一般灵动、水银一般闪亮的东西变成了水泥。他们为孩子的笨拙捶胸顿足。

　　乡下孩子在游泳的时候当然不用泳裤。泳裤？那太可笑了。我们在岸上都光着屁股，到了水下还装什么斯文？给谁看呢？反正鱼和虾都不看。再说了，不就是一个小鸡鸡加一个小蛋蛋么，都是耳熟能详的，你花钱请人看都不一定有人愿意看。

　　但是，是谁呢？是谁呢？他带来了一项了不起的发

苏北少年"堂吉诃德"

明——他把两条三角形的红领巾重叠起来，剪去三个角，再缝上，这一来两条红领巾就成了不折不扣的游泳裤。这个天才的发明鼓动了所有的孩子，一下子成了时尚。不要以为时尚一定就是席卷全球的大事，有时候，一两个小村庄也能流传自己的时尚。我们村热闹了。一到傍晚，所有的孩子都成了猴子，带着红红的屁股跳进了河流。

时尚紧接着就成了我们村子里的文化。村子里很快就有了这样的传闻——河里的鬼，也就是水鬼，最怕的就是红色。一个孩子一旦穿上红色的泳裤，水鬼就再也不敢靠近他了。道理很简单，红色的纺织品就是水下的火，它们像太阳一般，能以一种不可思议的方式燃烧，它们会照亮幽暗的河床——水鬼无处可藏了。想想吧，那么多的红色泳裤一起拥挤在一条小河里，小河里顿时就融入了十多个太阳。水鬼？嗨嗨，见鬼去吧！

我要说，六十年代或七十年代的中国乡村是愚昧的。愚昧要不得，愚昧是我们的敌人，这个还要说么。但是，任何事情都要分两头说。长大之后，我成了一个现代的文明人，但是，我始终认为，我的灵魂深处有

苏北少年"堂吉诃德"

某些神秘主义的东西,这是愚昧在我的灵魂上留下的疤,在文明之光的照耀下,它们会闪闪发光。这对我是有帮助的,尤其在我选择了写作之后。我是一个坚信科学的人,我推崇逻辑。但是,我从不认为科学可以对付一切、逻辑可以表达一切。有许多东西会越过科学与逻辑,直接抵达我们的灵魂。

愚昧从来都不可怕。愚昧可怕的地方就在于,它引导并企图控制这个世界,它引导并企图控制每一个人。

——我们的时尚并没有流行多久,和我们这一代人所经历的时尚一样,我们的时尚遭到了另一种力量的摧毁,那就是"文革"时期的政治。终于有一天,我们的校长发现了泳裤的秘密。他吓坏了。他哪里能想到呢,一群无畏的孩子拿"红领巾"做了小鸡鸡的遮羞布!这怎么了得!这怎么了得哦!出大事了嘛——红领巾是什么?"红旗的一角","烈士的鲜血染红了它",它居然和小鸡鸡、小蛋蛋混到一起去了。

查!

是谁第一个这么干的?

和许许多多时候一样，结果出来了：A 看见 B 先穿的，B 看见 C 先穿的，C 看见 D 先穿的，D 看见 E 先穿的，而 E 则是看见 A 先穿的。这是多么光滑的一个循环，光滑的循环在骨子里是一个死结，除非你把孩子们一网打尽。

孩子们并没有政治智慧，可强大的政治智慧在孩子们的面前时常无功而返。这是天理，老天爷总是保佑孩子的。

再威武的政治都有它的死穴。阿门！阿弥陀佛！

口　袋

长大之后,我在美国大片里看到过美国大兵,一下子就爱上了美国大兵的迷彩服。最让我羡慕的就是迷彩服上的口袋。到处都是口袋,肩膀上都是,袖口上都是,大腿上都是,小腿上也是。众多的、丁零当啷的口袋眼馋死我了,我的身上怎么就没有那么多口袋呢?满身的口袋不只是实用性的胜利,也是想象力的胜利,当然,归根结底,还是经济实力的胜利。

男孩子真的不讲究穿着,可我们也有讲究,那就是衣服上的口袋。很不幸,我出生在贫穷的时代,当贫穷到达一定的地步时,一种奇怪的分配制度就产生了——配给制。在配给制的掌控之中,穿衣服和做衣服就不再是一件随心所欲的事,一个人在一年当中可以使用多少布,国家有严格的规定。这个规定就是"布票"。没有布票,你"寸布"难求。

我要说,在贫穷面前,人是有创造力的。在我的童年时代,每一个家庭主妇都是节约的天才。我们的衣服通常都小一号,只要穿上新衣服,都有点像猴。袖口是短一号的,这个不用说了,裤脚也是短一号的——在如此这般、战战兢兢的节约面前,你怎么能指望我们的衣服上有众多的、丁零当啷的口袋呢?不可能!为了节约布,我们的上衣通常没有口袋,而裤子的裤兜也只有一个。

可我们需要口袋。我们贪玩。贪玩的孩子就有许多装备:弹弓,弹弓的子弹,赌博用的铜板,赌博用的白果(银杏),糖纸,烟壳纸三角,陀螺。在童年与少年时代,我们局促的口袋就像一个杂货铺,永远都鼓鼓囊囊,随便一掏都将琳琅满目——其实是垃圾。

对我来说,最重要的装备当然是弹弓。我一点都不

苏北少年"堂吉诃德"

想夸张,在我们村,我的弹弓是最棒的。大部分弹弓都是用牛皮筋组装起来的,而我的弹弓呢?不一样。它在性能上是卓越的,早已经领先了一个时代。这么说吧,在别人还是小米加步枪的时候,我已经拥有了迫击炮、坦克、机关枪了。

现在,我要介绍我口袋的主人,那把弹弓了。

我的母亲和村子里的赤脚医生是好朋友。赤脚医生那里有一样宝贝,那就是打吊针用的滴管,中空,米黄色。我至今都不知道滴管是用什么材料做成的,我就知道那玩意儿有肆虐的弹力,还不容易断。想一想吧,如果用滴管做成一把弹弓,它的射程将何等惊人。我想到过偷。想过的。但是,我是一个有头脑的孩子——偷来了也没用,弹弓一掏出来你就先暴露了。

我只能请我的母亲帮忙,让母亲去"要"。

赤脚医生很为难。对她来说,滴管也是稀有的。如果我没有记错的话,我们村的"合作医疗"总共只有三根滴管。这样一来,滴管就得反反复复地使用,用完了,消毒,然后,下一次再用。"消毒"是怎么一回事呢?就是点上一盏酒精灯,把滴管放在清水里,煨鸡汤一样,炖豆腐一样,咕噜咕噜地煮。滴管其实不能煮,煮的遍数多了,它的表皮就会像老人的皮肤那样,皱了,皱了,变得非常脆。失去弹性不说,还会布满密密麻麻的小裂痕。不要小瞧了那些小裂痕,那是致命的。只要一发力,裂痕就会像新郎的嘴巴那样,越裂越开,越张越大,收不住的。最后,啪的一下,断了。所以,我所需要的滴管是尚未使用的新滴管。赤脚医生也不好办。作为母亲的朋友,她给我的母亲留了一个话口,"下次去公社的时候试试看"。

  我至今害怕等待。我在童年与少年时代简直被"等待"折磨惨了。那是一个什么都需要等待的时代。过年要等,吃肉要等,看露天电影要等,走亲戚要等,开万人大会也要等。我的童年是在等待中度过的,我的少年也是在等待中度过的。我的童年与少年如此地漫长,全是因为等——在大部分时候,你其实等不到。一次又一次的失望让我拥有了无与伦比的忍受力。我的早熟一定与我的等待和失望有关。在等待的过程中,你内心的内容在疯狂地生长。每一天你都是空虚的，但每一天你都不空虚。

终于有那么一天，我的母亲回家了。她在跨越门槛的时候脸上浮出了神秘的微笑。她什么都不看，就是笑，诡秘极了。其实，那个神秘的微笑是有对象的，只有我知道，它和我有千丝万缕的联系。我爱极了母亲神秘的微笑。它和遥远的许诺有关。它和临近崩溃的等待有关。每一次见到母亲神秘的微笑，我的小小的心脏都会受不了。那是感人泪下的。无论生活窘困到何等地步，耐心也有它的回报。仓促和绝望绝不可取。

母亲给了我一条长长的滴管。我把它一分为二，我终于有了一把性能卓越、超越时代的弹弓了。当我请一个木匠用桑树的树桠做成自己的弹弓之后，我是耀武的，扬威的。桑树的韧性这时候显示出了它的价值，在我瞄准的时候，我的手指会发力，两边一压，中间只留下小小的空隙——这差不多就是命中率的全部隐秘了。那是夏天，大地在为我的弹弓生长弹药。数不清的楝树果子挂在树梢上，它们大小合适，圆润，碧绿，水分充足，

沉甸甸的。在滴管被拉到极限之后,楝树的果子继承了滴管呼啸的反弹力,一出手就呼呼生风。

长大之后我从事过许多体育运动,每一项运动我都注重基本功训练。这和我的父母有关。他们都是乡村教师,他们对我最大的帮助就是重视基本功。重视基本功永远是对的,永远永远是对的。也许我天生就是一个教练,我会辅导自己训练。我把父母的粉笔偷过来,掰成一小段一小段的,做子弹,然后,在黑板上画一个圈。我要求自己每一次都要击中圆圈。这是很好检验的,黑白分明。圆圈越来越小,小到只有一块烧饼那么大的时候,我们村的麻雀开始了它们的噩梦。我不吹牛,我打得准极了。

苏北少年"堂吉诃德"

1984年，美国洛杉矶，第二十四届奥林匹克运动会传来了好消息，一个叫许海峰的安徽人获得了中国奥运历史上的第一个冠军。这个姓许的供销员就是打弹弓出生的。他神奇的瞄准能力就是靠麻雀的尸体堆积起来的。那一年我二十岁，正在享受大学一年级的暑假。就在那个暑假里，"弹弓"，这个不起眼的玩意儿，成了一个关键词。我很平静。我清晰地感受到，一个历史阶段结束了，另一个历史阶段开始了——就在这两个历史阶段的中间，有一个划时代的东西，它是弹弓。我的这个说法不会得到社会学家的认可，但是，在我的个人历史里，事情就是这样。我的历史是从弹弓开始的，现在，为这段历史做总结的，是一把气手枪。新的历史开始了。

我打弹弓打得很欢。可是，一个问题马上暴露出来了，我的身上只有一个口袋，在裤子的右侧。要知道，一个裤兜的楝树果子很快就会被打光的，而且，左侧的口袋也不顺手。我是一个骁勇的战士，却被糟糕的后勤与糟糕的补给拽住了后腿。我多么希望我的衣服上能多几个口袋啊。如果是那样的话,在我出征之前,我会把所有的口袋都装得满满的,我的身躯被子弹撑得鼓鼓囊囊,然后,风撩起我的头发,乌云在天空肆意地翻卷,我微笑着,眯起眼,仰天长望,麻雀在天空来来往往,在天与地之间,我,缓缓地抬起了我的胳膊——这是一个标准的少年英雄梦,一个标准的红色中国的少年英雄梦。如诗如幻。就因为贫穷,我的少年英雄梦寒碜了,少年英雄的身上布满了补丁,却只有一个口袋,嗨,和一个小叫花子也差不多。

袜　子

　　我有些犹豫，该不该把《袜子》这一章写下来。要知道，如果把时光倒退到四十年前，在苏北的乡村，一个少年的脚上穿着一双袜子，其嚣张与嘚瑟的程度一点也不亚于今天的少年开着他的保时捷去上学。好吧，且让我虚荣一回、嘚瑟一回，我要写"袜子"了。

　　穿袜子是一件大事。写穿袜子必然也是一件大事。依照常规，在描写大事之前，作者有义务交代一下大事的背景。

　　1957年，我的父亲成了"右派"。我要简单地说一说

1957年，那是一个非常有趣的年份——你得时刻留意你说的话。如果你有一句话没有说好，或者说，你有一句话让做领导的不高兴，那你就麻烦了，你会成为"坏人"。那个时候的"坏人"是很多的，所以，有关"坏人"的概念往往不够用。不够用怎么办呢？造。"右派"就这样成了崭新的、具有里程碑意义的"新概念坏人"。

我的"右派"父亲终于被送到乡下去了。一同前往的还有我的母亲。我的母亲是一个教师，她没有说领导不爱听的话，她也许说了，但领导没有听见，这样一来她依然是一个左派。左派最大的好处是什么呢？她和右派做同样的工作，右派颗粒无收，而左派每个月可以领到二十四元人民币。二十四元人民币，放在今天都买不来一杯卡普奇诺。可就是这杯打了八折的卡普奇诺，它使我的母亲成了"大款"。你完全可以这么看——1964年，在我出生的时候，我其实是一个富二代。太吓人了。

交代来交代去，我说的意思只有一个，即便是一个倒霉到底的"右派"家庭，在物质上，依然比那些"农家"要好一些。在任何时候我都要说，没有人比中国的

苏北少年"堂吉诃德"

农民更不幸。他们最大的不幸就在于,他们无法言说他们的不幸。他们的不幸历史看不见,看见了也不记录。实在需要记录了,他们已经是尸体了,作为数据。

富二代必须有富二代的标志。在冬天,富二代的脚上有棉鞋。在棉鞋与裤脚之间,裸露出来的不是脚踝,而是纺织物。那个圆圆的纺织物就叫"袜子"。

我现在就来说说我的袜子。

我一共有两双袜子,尼龙的。按照我们家的生活节奏,我的母亲一个星期洗一次衣服。那可是一大家子的脏衣服,满满一桶。换句话说,我的袜子也是一个星期洗一次。可我是一个男孩,男孩最大的特点就是爱出脚汗。用不了一节课的时间,我的鞋里头差不多就湿了。到了晚上,鞋子里全是湿的,袜子当然也是湿的。父亲是很聪敏的一个人,他告诉我,每晚睡觉的时候可以把袜子压在身子底下,这一来袜子就烘干了。

我每天早上都可以穿上干爽的袜子。然而,脚汗就是脚汗,它不是水。在袜子被体温烘干之后,袜子上会留下脚汗的遗留物。它臭极了。它还能让袜子的底部变硬。在遇上新的脚汗之后,硬的部分慢慢就融化了,再一次变软,糨糊一样黏稠。它冰冷冰冷的,很难响应你的体温——这么一说你就明白了,在一个星期之内,我只有一两天会喜欢我的袜子,其余的五六天我都充满了恨。我痛恨袜子。它又冷又湿又臭。我最想做的一件事就是把我的袜子扔进炉膛,一把火烧了了事。老实说,我不想穿袜子。

但我的母亲不许我不穿袜子。我想我的母亲也有她的虚荣,这么说吧,在她的心目中,袜子就是领带,我"西装革履"的,没有"领带"怎么可以!

我附带着还要说一下棉鞋。以我家的经济状况来说,我不能要求我的母亲每年都给我做一双新棉鞋。虽然我是一个"富二代",可我真的不能要求我的母亲每年都给我换一辆保时捷。那个太过分了。所以,每年冬天,尤其在春节之前,我都要被"小鞋"所折磨。解决的办法也不是没有,那就是像穿拖鞋一般,夯拉着。可我的母亲是什么人?她怎么能容忍她的儿子夯拉着棉鞋?那是绝对不能允许的。"一点学好的样子都没有。"我怎么办

苏北少年"堂吉诃德"

呢？我只能把"两片瓦"的后半部撕开，这样一来脚就不疼了，但这样做的后果是我的脚后跟始终裸露在外面，每一年的冬天都要生冻疮。

生冻疮是不该被同情的。在我们苏北的乡村，哪一个孩子的身上没有冻疮呢？没事的，开了春"自己就好了"。可是，你别忘了，我是"富二代"，我的脚上有袜子。每天睡觉的时候，我得把袜子从冻疮上撕开。那得慢慢地、小心地、一点一点地揭。绝对不能快。如果你想快，好吧，你的双脚将血流如注。

我倒也没那么怕疼，可是，一天疼那么一遍，个中的滋味也真的不好受。

母亲，我们村里最富有的"大款"，为了她的体面，我这个"富二代"真的没少受罪。现在，我的儿子也大了，他时常对我说起一些"富二代"的事。我告诉我的儿子："不要羡慕。天下从来就没有两头都甜的甘蔗，一根都没有——你的老爸当年比别人多了两双袜子，可那两双袜子给你的老爸带来的几乎就是灾难。"

玉米秆

我的老家不种植甘蔗，我在青春期之前从来都没有见过甘蔗。可是，"甘蔗"这个词我却很熟悉，它经常出现在一种夸张的、神经质的语气当中："天哪，比甘蔗还要甜！"语言总是比世界更加广阔，它的背后有诡异的空间。就这么着，一个从来没有见过甘蔗的孩子到底知道甘蔗了。不仅如此，经过语气的渲染，甘蔗还成了"甜"的标准和尺度，拥有饱和的、稳固的能量。它是关于"甜"的梦——想象力是一只舌头，甘蔗就是那些密密麻麻的、神出鬼没的味蕾。

苏北少年"堂吉诃德"

所以，年少的时候阅读是重要的，在你还没有来得及知道这个世界之前，虚幻的"概念"会帮助你建立起一个牢不可破的世界。我们总是在"来到"这个世界之前先"知道"这个世界，张爱玲女士已经表达过这个意思了。相对于一部分人来说，世界和未来一定是先验的——我们的世界和我们的未来必将是一根越啃越粗、越啃越甜的甘蔗，从这头望不到那头。

"比甘蔗还要甜"，这是夸张，也是比喻。列宁说："任何比喻都是跛足的。"列宁的话不对，不要相信他。在语言这个问题上，你要相信我。我要说的是，比喻是辽阔的、深邃的，比喻的内部有一个空间，它的浩瀚程度一点也不亚于一个孩子的白日梦。那可是关于吃的白日梦，白日梦有多美，比喻就有多美。

然而，没有甘蔗。可没有甘蔗又有什么关系呢？聪明的人告诉我们，那些没有长出玉米的玉米秆甜极了，"天哪，比甘蔗还要甜！"长大之后，我知道了，发现这个秘密的未必是聪明的人，他也许是个笨蛋。极度的饥饿让他饥不择食，他决定吃玉米秆。在千千万万个倒霉蛋中间,好运眷顾了他。他遇上了一根没有长出玉米的玉米秆——所有的养料和糖分全跑到玉米秆里去了。他咬了一口,甜在嘴里,喜上心头。在一大堆的饿殍中间,他活下来了。他气息奄奄,把这个惊天的秘密告诉了他的子孙。经过万水千山和岁岁年年,这个秘密最终走进了我的耳朵。于是,那个叫毕飞宇的瘦小的少年,抢在他的"知识分子"父母之前,知道了:不结玉米的玉米秆,其实就是一根甘蔗。

知识就是力量,因为知识可以解馋。

我们拿把镰刀,钻进了玉米地。每一株玉米秆都比我们的身体高出许多,这样一来我们就是鱼,遨游在海底了。这海底并不清凉,相反,又闷,又热。那些阔大的叶子软绵绵的,却也锋利,脚底下一急你的皮肤就被它们划破了。我们哪里还是偷"甘蔗"的馋鬼,我们简直就是浴血奋战的敌后武工队。我们在侦察,在逼近日本鬼子的炮楼,胆大、心细,怀揣着渴望解馋的神圣使命。只要还没有结出玉米,玉米秆就是日本鬼子。砍,砍喽。

苏北少年"堂吉诃德"

可是,时机未到,我们的努力时常无功而返。悲摧啊悲摧,满头的大汗硬是换不来一口的甜。

尸横遍野。那是玉米秆的尸体,也是敌人的尸体,可我们也没有喜悦。第二天,或者第三天,村子里一定会有人这样叫骂:"馋鬼!千刀杀的!馋鬼!万刀剐的!"我们瘦削的小脸上无动于衷。我们是潜伏在人民中间的敌后武工队。乡下长大的孩子都有一种惊人的淡定,从来就不接叫骂——把钱包捡回家是本事,捡人家的叫骂算什么?骂呗,你迟早都要回家吃晚饭。月亮一定会升起,月亮升起来之后你就再也不能叫骂了。我们村有这样一个说法:在阳光下面,你骂的是别人,而到了月光下面,每一声叫骂都等于骂自己。这很神奇的,因为你无法验证。

不过,抢收玉米的日子情形就很不一样了,所有的玉米都会横躺在打谷场上。孩子们都围过去了,耐着性子,一根一根地尝。我们的嘴边都是泥土,有时候甚至还有血。这时候的大人是友善的,慈祥的,慷慨的,偶尔,他们会找到一根"甘蔗"。他们只会尝上一两口,大叫一声:"天哪,比甘蔗还要甜!"然后,他们会把手里的"甘蔗"递给身边的孩子,"甘蔗"的顶端通常都有他们的口水,他们的口水也很甜。

我们村有一个新媳妇是非常不得人心的。就在她嫁到我们村的那个盛夏,有一天,她出来乘凉了。她挺着

苏北少年"堂吉诃德"

她的大肚子,一手拿着凳子,一手提着竹篮,篮子里全是一节一节的"甘蔗"。她把凳子放在巷口,叉着她的两条大腿,坐下来了,然后,开始啃"甘蔗"。吃一口,吐一口,吃一口,吐一口;吃完了一根再拿一根,吃完了一根再拿一根。我们就站在她的身边,她慢条斯理,怡然自得,对我们熟视无睹。她居然对我们熟视无睹!她一个人,坐在那里,把满满一篮子"甘蔗"全啃光了。一个人!

我们在当天的晚上就给她起了一个诨名:好吃婆娘!这是很不好听的。这样的女人就不该嫁到我们村子里来。

孩子哪里能知道一个孕妇的心思呢?不可能知道的。孩子永远都无法体谅一个孕妇汹涌的母爱——孕妇营养不良,她要靠她的"甘蔗"为她尚未出生的孩子储备能量。即使三四个馋疯了的孩子正包围着她,她也是视而不见的。她的瞳孔是她的腹部,她的瞳孔里只能是自己的孩子。

我从小就是一个有志向的人——等我长大了,我一定要砌三间大房子，里面摆满"甘蔗"，每天天一亮我就起床，坐在门槛上，开始啃，一直啃到残阳如血。有志不在年高，我在成长，伴随我成长的，是我腮帮子内侧汩汩而出的口水。我的口水是我体内最大的秘密，它激情澎湃，伤感，绵长，滔滔不绝。它们是被打断的牙，一次又一次被我成功地咽了回去。

汤　圆

　　我记不得是什么时候了，总之，那一天我得到了一碗汤圆。但我们乡下人要土气一点，我们把汤圆叫作"圆子"。我的碗里一共有四个圆子，后来，有几个大人又给了我一些，我把它们都吃光了——情形是这样的，以我当年的年纪，我的母亲认为，我吃下去的数量远远超出了我的实际能力，所以，她不停地重复，她的儿子"爱吃圆子"，"他吃了八个"。后来，大家都知道了，我自己也知道了，我爱吃圆子，我一顿可以吃八个。

　　我相信酒席大致也是这样，如果你在某一场酒席上喝了一斤的酒，人们就会记住，还会不停地传播：某某某能喝，有一斤的量。记忆都有局限，记忆都有它偏心的选择——人们能记住你与酒的关系，却时常会忽略你与马桶的关系。

直到现在，我都快五十了，我的母亲都认定了她的儿子"爱吃圆子"。我其实不喜欢。在那样一个年代，在吃这个问题上，爱和不爱是一个根本就不存在的问题，首要的问题是"有"。在"有"的时候，一个孩子只有一个态度，或者说一个行为：能吃就吃。这句话还可以说得更露骨一点：逮住一顿是一顿。

我还想告诉我的母亲，那一次我其实吃伤了。很抱歉，"吃伤了"是一件很让人难为情的事，可我会原谅我自己。一个孩子，在那样的时代，如果有机会的话，我相信所有的孩子都会吃伤。

我为什么至今还能记得那碗汤圆呢？倒不是因为我"吃伤了"，首要的原因是因为汤圆属于"好吃的"。吃"好吃的"，这样的机会并不多。我的父亲有一句口头禅，说的就是"好吃"与"记忆"的关系：饿狗记得千年屎。

苏北少年"堂吉诃德"

那碗汤圆离我才四十多年呢,九百六十年之后我也未必能够忘记。

"好吃的"有什么可说的吗? 有。

我们村有一个很特殊的风俗,在日子比较宽裕的时候,如果哪一家做了"好吃的",关起门来独吞是一件十分不得体的事情,要被人瞧不起的。我这么说也许有人要质疑:你不说你们家做了"好吃的",人家怎么知道的呢? 这么说的人一定没有过过苦日子。我要告诉大家,人的嗅觉是一个奇异的东西,在你营养不良的时候,你的基因会变异,你的嗅觉会变得和疯狗一样狂暴。这么说吧,你家在村东,如果你家的锅里烧了红烧肉,村子西边的鼻子会因为你们家的炉火而亢奋——除非你生吃。

所以,乡下人永远都不会去烧单纯的"红烧肉",他们只会做"青菜烧肉"、"萝卜烧肉"、"芋头烧肉",满满一大锅——为什么要这么做呢? 要送。左边的邻居家送一碗,右边的邻居家送一碗,三舅妈家送一碗,陈先生(我母亲)家送一碗。因为有青菜、萝卜和芋头垫底,好办了,肉就成了一个"意思",点缀在最上头。

我们乡下人就是这样的,也自私,也狠毒,但是,因为风俗,大家都有一个思维上的惯性:自己有一点好马上就会想起别人。它是普遍的,常态的。这个别人当然也包括我们这个外来户。

柴可夫斯基有一首名曲,《如歌的行板》。它是俄罗斯的民歌,作者不详。这首歌我引用过好几次了,我还是忍不住,决定再一次引用它。它是这么唱的:

> 瓦尼亚将身坐在沙发,
> 酒瓶酒杯手中拿。
> 他还没有倒满半杯酒,
> 就叫人去喊卡契卡。

这首歌的旋律我很早就熟悉了,但是,读到歌词却还是1987年的冬天。那一年我大学毕业,一个人在宿舍。读到最后一句的时候,几乎没有过渡,我的眼泪夺眶而出。我不需要回忆,不需要。往事历历在目。在我的村庄,在那样一个残酷的、艰难的时刻,人们在"革命",即便这样,伟大而又温润的中国乡村传统依然没有泯灭,它在困厄地流淌,延续:每一个乡亲都是瓦尼亚,每一个乡亲都是卡契卡。我就是卡契卡,可我还没有来得及做瓦尼亚,我就离开了我的村庄。这是我欠下的。

很可惜,在我还没有离开乡村的时候,这个风俗已经出现了衰败的态势,最终彻底没落了。

风俗和法律没有关系,可我愿意这样解释风俗和法律的关系——风俗是最为亲切的法律,而法律则是最为彪悍的风俗。

风俗在一头,法律在另一头。一个时代或一个民族的好和坏不是从一头开始的,好,从两头开始好,坏,也是从两头开始坏。在任何时候,好风俗的丧失都是一件危险的事,这不是我的危言耸听。

分享,多么芬芳的一个东西,它哪里去了呢?

一块给狗的骨头不是慈善,一块与狗分享的骨头才是慈善。

这句话是杰克·伦敦说的。我读到这句话的时候正是大学的二年级,在扬州师范学院的图书馆里头。这句话至今还像骨头一样生长在我的肉里头。杰克·伦敦揭示了分享的本质,分享源于慈善,体现为慈善。

我要感谢杰克·伦敦,他在我的青年时代给我送来了最为重要的一个词:分享。此时此刻,我愿意与所有的朋友分享这个词:分享。这个词可以让一个男孩迅速地成长为一个男人——他曾经梦想着独自抱着一根甘蔗,从清晨啃到黄昏。

如果有一天,即便我的身体里头只剩下最后一根骨头,这一根骨头都足以支撑起我的人生。这不是因为我高尚,不是,我远远没有那么高尚。但是,因为有太多太多的人和我分享过他们的骨头,我自然有分享的愿望。"愿望"有它的逻辑性和传递性。愿望就是动作——父亲抱过我,我就喜欢抱儿子;儿子也许不愿意抱我,可这没有什么可以抱怨的,因为他的怀里将是我的孙子。是的,所谓的世世代代,就是这么一回事。

苏北少年"堂吉诃德"

　　我很高兴地注意到一个现象,"分享"这个词的使用率正在上升。我渴望着有那么一天,"分享"终于成为汉语世界里使用率最高的一个词,而"分享"也真的成为我们切实可感的"民风"。

蚕　豆

蚕豆主要种植在中国的南方，即使在南方，蚕豆也不是主食。它最大的用处是做酱。北方人所说的"豆瓣酱"通常指的是大豆酱，但在我的老家一带，"豆瓣酱"指的却是蚕豆酱，偏甜。

蚕豆的另一个用途是做粉丝。喜欢蚕豆粉的人却不多。蚕豆粉偏硬，容易断。相对来说，土豆粉更受欢迎，它的韧性好，可以拉得很长。不要小看了这个长，它对吃的快感至关重要。把土豆粉的一头叼在嘴里，一吸，呼啦一下，你的嘴巴就饱和了，很爽的，痛快无边。

苏北少年"堂吉诃德"

就因为蚕豆不做主食的缘故,它在种植上是不可以被推广的。农民不可能用成片的土地去种植它——只有大麦、小麦、水稻等正经八百的"粮食"才能够衣冠齐整地站立在农田里。蚕豆被种在哪里呢?田埂或河岸,那些"边角料"的地方。

麻烦来了。因为产量太低,反过来,蚕豆珍贵了。蚕豆几乎就是奢侈品。人们用它来做菜。著名的"罗汉豆"就是一道上好的菜。为什么叫"罗汉豆"呢?我也不知道。反正孩子们会用针线把煮熟了的蚕豆穿起来,做成串,挂在脖子上。这对拿蚕豆做零嘴是很方便的。在蚕豆上桌的节令,我们的课堂有趣了,所有的男生都像大清朝廷上的文武官员,当然,也像罗汉。但是,乡下人没见过朝廷上的高官,只在庙里头见过泥塑的罗汉,由于这个缘故,我们乡下人把煮熟了的蚕豆叫作"罗汉豆",想必也就是这么一回事。

对我们来说,蚕豆最好的一种吃法当然是炒。香极了,嘎嘣脆。它唯一的缺点是太硬。可是,孩子们的牙更硬——有了金刚钻就不怕瓷器活。我很自豪,都是快五十岁的人了，还有一口无坚不摧的好牙口，想必是小时候练就了过硬的童子功。但是，我的这句话是不负责任的，我练习童子功的机会并不多，也只是过年的时候操练操练。过年好哇，天天有炒蚕豆吃，想吃多少就吃多少，用东北人的说法，叫"可劲儿造"。渴了，到河边喝水去，喝完了，再接着"造"。

我要写下我和蚕豆的故事，这是我终生都不能忘怀的。

我出生的那个村子叫"杨家"，到我出生的那一年，1964年，父亲的情况有了很大的好转，他可以在我母亲所在的小学做代课教师了。问题也来了，夫妇两个都要上课，午饭就成了一个大问题。父母亲决定请个人过来帮着烧饭，附带着带孩子。

奶奶就这样成了我的奶奶。我和奶奶在一起的时间比和父母在一起的时间还要多。

1969年，我五岁。父母的工作调动了，去了一个叫"陆王"的村子。奶奶没有和我们一起走。直到这个时候我才明白过来，奶奶她不是我的亲奶奶。

苏北少年"堂吉诃德"

一转眼就是1975年了。这一年我十一岁。我的父母要调到很远的地方,一个叫"中堡"的镇子。在今天,沿着高速公路,从中堡镇到杨家村也就是几十分钟的汽车,可我们兴化是水网地区,即使是机板船,七拐八弯需要一天的时间。我们一家人都知道了,我们要去一个"很远很远"的地方了。临行前,我去了一趟奶奶家。奶奶说,她已经"晓得咯"。奶奶格外高兴,她的孙子来了,都"这么高了",都"懂事"了。那时候奶奶守寡不久,爷爷的遗像已经被挂在墙上,奶奶还高高兴兴地对着遗像说了一大通的话。可无论奶奶怎样高兴,我始终能感觉到她身上的重。她的笑容很重,很吃力。我说不上来,很压抑。奶奶终于和我谈起了爷爷,她很内疚。她对死亡似乎并不在意,"哪个不死呢",但奶奶不能原谅自己,她没让爷爷在最后的日子"吃好"。奶奶说:"家里头没得唉。"

我第一次知道死亡对生者的折磨就是那一天。人永远也不会死的,他会在亲人无边的伤痛中间顽强地活着。奶奶对爷爷的牵挂还是吃。因为是告别,奶奶特地让我做了一次仪式。她让我到锅里头铲了一些锅巴,放在了爷爷的遗像前。这是让我尽孝了,我得给爷爷"上饭"。奶奶望着锅巴,笑了,说:"死鬼嚼不动咯。"

我的小妹,也就是奶奶的孙女那时候已经出生了,在我和奶奶说话的时候,小妹一直在她的摇篮里睡觉。小妹后来说,她知道这件事,是奶奶告诉她的。

就在傍晚,奶奶决定让我早点回家了。她在犹豫,在想。她在想着让我带点什么东西走。现在回想起来,奶奶当时真是太难了,穷啊。她的家真的是家徒四壁。她最初的主意一定是鸡蛋,她已经把鸡蛋从坛子里头取出来了。大概是考虑到不好拿,怕路上打碎了,她又把鸡蛋放下了。奶奶后来拿过来一根丫杈,从屋梁上取下一个竹篮,里头是蚕豆。奶奶让我去帮她烧火,我就去烧火。我一边添柴火,一边拉风箱,知道了奶奶最后的决定是炒蚕豆让我带走。多年之后,我聪敏一些了,知道了那些蚕豆是奶奶一颗一颗挑出来,预备着第二年做种用的——只有做种的蚕豆才会吊到屋梁上去。蚕豆炒好了,她把滚烫的蚕豆盛在簸箕里,用簸箕簸了好长的一段时间，其实是给蚕豆降温。然后，奶奶让我把褂子脱下来，拿出针线，把两只袖口给缝上了——两只袖管即刻就成了两个大口袋。奶奶把褂子绕在我的脖子上，两个口袋像两根柱子，立在了我的胸前。奶奶的手在我的头发窝里摸了老半天，说："你走吧，乖乖。"

在我的一生当中，这是我第一次拥有这么多的炒蚕豆，都是我的。你可以想象我的这一路走得有多欢。蚕豆还是有点烫。我一路走，一路吃，好在我所走的路都是圩子，圩子的一侧就是河流。这就保证了我还可以一路解渴。杨家庄在我的身后远去了，奶奶在我的身后远去了。在后来的岁月里，我不停地回想起这个画面。不幸的是，等我到了一定的年纪，我想起来一次就难受一次。为什么我那一年只有十一岁呢？西谚说，上帝会原谅年轻人。这句话也对。唯一不能原谅年轻人的那个人，一定是长大了的自己。

1986年，我在扬州读大学。有一天，接到了父亲的来信，说我的姑姑，也就是奶奶唯一的女儿，死了。她

服用了农药。我从扬州回到了杨家庄,这时候我已经是一个二十二岁的大小伙子了。我要说实话,我已经十一年没有来看望我的奶奶了。我其实已经把她老人家忘了。我在许多夜里想起她,但天一亮我又忘了。这一点我想起来一次就羞愧一次。十一年之后,当我再一次站在奶奶面前的时候,她老人家一眼就把我认出来了。我从没想到奶奶的个子那么小。她小小的,却坚持要摸我的头,我只有弓下腰来她才能如愿。奶奶看上去没有我想象中的那样悲伤，这让我轻松多了。她只是抱怨了一句："死丫头她不肯活咯。"

可事实上，奶奶没有多久就去世了。她一定是承受不住了，她的伤痛是可想而知的。但奶奶就是这样，从来不会轻易流露她的伤心与悲痛，尤其在亲人面前——我是从另一个可亲的老人那里理解了我奶奶的。她们时刻愿意承当亲人的痛，但她们永远也不会让自己的亲人分担她们的痛。

1989年，我的小妹来南京读书了，我去看望她。小妹说："哥，你的头发很软。"我说："你怎么知道的?"小妹说："奶奶告诉我的。奶奶时常唠叨你，到死都是这样。"

小妹的这句话让我很受不了。我知道的，我想念奶奶的时候比奶奶想我要少很多。这就是我和奶奶的关系。

但是，无论是多是少，我每一次想起奶奶总是从那些蚕豆开始的，要不就是从那些蚕豆结束——蚕豆就这样成了我最亲的食物。

我的"亲奶奶"是谁？我不知道，我不可能知道，连我父亲他都不一定知道。这对我已经不重要了，我多么希望我和我的奶奶之间能有血缘上的联系，我希望我的父亲是她亲生的。

庙

真是难以置信,我人生的第一座房子又高又大又宽敞。它是庙。可以说,我是在庙里头开启我的人生的。

在我还没有出生的时候,我的母亲已经来到杨家庄小学了。杨家庄穷,没有校舍,怎么办呢?村子里头把庙挪出来了——在当时,这是一个相对普遍的做法,反正所有的宗教都是迷信了,庙宇已经失去了它的实际意义,闲着也是闲着,那就做学校吧。

因为年幼,我得承认,我对庙宇的记忆已相当模糊。但是,模糊是相对于局部和细节而言的,开阔和高大不在遗忘的范畴之内,这个我还记得。

有一点我要显摆一下,那就是我的记忆力。我记事很早。工作之后,我和父亲见面的机会并不多,闲着无聊的时候,我们会追忆一些往事。可这样的对话时常不愉快。我的父亲说我吹牛,说我不可能记得那么早的事情。但是,我母亲的记忆时常站在我这边,父亲只好选择沉默来对抗他的健忘。

如果我没有记错的话,杨家庄小学总共有三个年级,一年级,二年级和三年级。三个年级是不分班的,同学们都端坐在庙堂的正中央,每个年级一排,享用同一块黑板。这就叫"复式班"了。我记忆里的母亲十分繁忙,她一会儿教一年级的语文,一会儿教二年级的算术,一会儿又教三年级的唱歌。我不知道那时的每节课是不是四十五分钟,如果是,平摊到每一个年级,或者说,每一个班,每一节课其实只有可怜的十五分钟。这样的课堂对任课老师来说是一个极大的考验,最大的考验来自"组织教学",乱哪。我的母亲相当厉害,说白了,个个都怕她。如果是今天,"个个都怕"的老师未必是一个好老师,但是,在当时,一个教师没有绝对的权威绝对是不行的。我曾亲眼看见许多软弱的男教师被乡下的孩子气哭了。我不敢说我的母亲有多了不起,但是,她绝对是称职的乡村教师,直到今天,她的学生都是做了爷爷奶奶的人了,一个个都还念叨她的好。

我母亲能成为称职的乡村教师有一个过硬的先决条件,她的嗓子好,脆,亮,还不容易沙哑。她的课有精气神。孩子们在她的课堂上很容易集中注意力。想想也是,那么恢宏的一座庙,没有一副脆亮的嗓子可是不行的,屋梁上的麻雀都能把你的嗓子盖过去。

庙既然成了学校,庙理所当然也就成了我的家——可这个家实在是太大了,我们所谓的家其实只占了庙的一个小角落,似乎是西北角。那里永远是黑咕隆咚的。到了夜晚,情形反过来了,只有这个小小的角落是亮的,其余的部分则一片漆黑。是的,一盏淡黄色的小豆灯怎么可能照亮整个庙堂呢?不可能的。小豆灯勉强可以照亮我们家的餐桌和床头,这容易给人造成一种错觉——我的家是在野外,还没有星光。四周黑洞洞的。那种无边的黑，那种缥缈的黑，那种高耸的黑。无风，无雨，亦无声。对一个刚刚开始建立记忆的孩子来说，这大概不会是什么可喜的画面。

但你也不能说庙宇就一定是森严，不是这样。庙里头到处都是麻雀。每天早晨，在我的母亲还没有打开庙门之前，庙顶上的麻雀就已经醒了，它们叽叽喳喳。伴随着雪亮的庙门轰然大开，叽叽喳喳的鸣叫倾巢而出，庙里头即刻就安静下来了，一天就这么开始了。

我人生最早的记忆是什么呢？是鸟叫。准确地说，是麻雀的聒噪。每天早上，我都是被无穷无尽的鸟叫吵醒的。

记忆说到底是美妙的。1983年，我第一次离开兴化，就在扬州，我再一次踏进了庙门，著名的平山堂。几乎就在踏进大雄宝殿的同时，有关庙宇的记忆在我的脑海中恢复了。那些粗大的木料和淡淡的香火气味一下子吸引了我。我的心即刻就静了，无缘无故——用佛家的说法，其实是有缘的，其实是有因的。因在十九年前，果在十九年后。因果啊因果，它是漫长的，绝不是春华秋实这般仓促。

我不是佛家子弟,可是,一直到今天,我依然喜欢庙。只要一踏进庙宇的大门,我很容易心旷神怡。香火的气味会拉大我呼吸的幅度,我的吐很深,我的纳一样很深。我对深呼吸有一种迷恋,人体是通的,两头都够得着。

很遗憾,我至今都没有研习过佛学,但是,这从来也不影响我双手合十。我是逢庙必拜的,所谓拜,其实就是告诉自己静心,提醒自己虔诚。哪怕只有几分钟的光景,那也是大安宁。

在庙里头我始终都有幸福感,又高,又大,又宽敞。

草房子

曹文轩有一本书，叫《草房子》。我也很想写一本书，写什么都不重要，书名就叫《草房子》。

曹文轩老师是苏北盐城人，他的家离我的老家兴化只隔了几条河。他写《草房子》一点都不奇怪，这个世界上有《草房子》这本书一点都不奇怪。曹文轩是我的师长，所以《草房子》是他的，不是我的，这就叫命。

离开了庙宇之后，我的童年和我的少年几乎都是在草房子里度过的——请允许我说一句不靠谱的话：什么样的房子里都可以出小说家，但是，最幸运的小说家会来自草房子。

草房子，离大自然最近的家，它是人砌的，同时也是从土地里生长出来的。

最典型的草房子是这样的：土基墙，没有窗户，上面覆盖着麦秸秆。它的建材只有三样东西：泥、草、木头，史前一般原始。

砌墙的理想材料当然是砖头，但是，砖头需要花钱去买。没有钱怎么办？当然有办法。做土基。

做土基的第一步是到河里头去罱泥。河床上的淤泥都是河水积淀下来的，很纯，没有杂质；因为在水里头泡得久了，这就有点黏。对土基来说，黏是一个非常重要的要素。第二步，把淤泥从船舱转移到一个大坑里，让它发酵，这对提高淤泥的黏度是有好处的。到了这个时候，也就是第三步了，往淤泥里头添加一些稻草或者麦秸秆，不要小瞧了这些稻草或麦秸秆，在淤泥的内部，它们就是混凝土内部的"钢筋"，因为它们在内部的支撑，土基的整合度和抗压度都能得到极大的提高。

把调好的淤泥压到模子里去，再打开模子，一块土

基就这样做成了。很容易。

但是，千万不要以为容易就没有技术上的难度，事实上，只要是一样东西，就一定存在质量上的差异。土基的质量完全取决于你的耐心，你越是有耐心，土基的质量就越好，反之，土基就脆，不结实。怎么叫有耐心呢?你不能把新土基放到阳光底下去晒,一晒就开裂了。最妥当的做法是用草毡子把土基盖住,让风,让时间,而不是让大太阳带走土基内部的水分。这就叫"阴干"。

土基墙砌成之后还有一道工序,那就是泥墙。这是保护土基的。泥墙用的是很稀的淤泥,用手把它们在土基墙上抹匀了——这还不够。泥毕竟怕水,雨水一淋,泥土会把雨水吸收进去,这样一来泥土就稀松了。最保险的办法是用麦秸秆编成毡子,蓑衣一样,用竹钉钉在墙上,雨水就再也淋不到土基了。

用土基做墙的房子一般都有两个特点。一、比较矮小,土基的承重能力毕竟有限,太高和太大都很危险;二、没有窗户,这个很好理解,窗户的上框土基没有支撑,这在技术上是很难完成的。

盖草房子的草料最好是茅草,因为茅草结实,不易腐烂。次一等的是麦秸秆,麦秸秆是圆的,中空,这对下雨天泄水有极大的帮助。

新草房通常都很漂亮。因为麦秸秆是金黄色的,所以,新盖的草房子金光灿灿,在阳光的照耀下,几乎称得上辉煌。但是，用不了半年，屋顶就成酱黑色的了，看上去很衰。新房子和新娘子通常联系在一起，新房子变得难看的时候，新娘子差不多也就是孩子他妈了。

可无论新草房多么好看，我还是更喜欢老了的草房子。因为是纯天然的，每一座老了的草房子都是妙趣横生的，它们在骨子里都是一座独立的生态园。动物是必不可少的——

燕子。这是当然的。乡下人有一种顽固的传说：燕子能带来财运。这句话我其实不信。在乡下，每一家的大梁上都有燕子窝，可我从来没有见过"有财运"的人。我情愿把这个传说看作乡下人的善良——你有房子遮风挡雨，燕子来到你的家里，跟着你沾一点福气，似乎也是应该的。

麻雀。和燕子相比，麻雀的确要等而下之。燕子穿的是"燕尾服"，而麻雀穿的是"麻布"，这能一样么？麻雀没有燕子漂亮，它自己是知道的。所以，除了特别大的房子，麻雀一般不进去，它们会很自觉地选择室外，也就是屋檐。

苏北少年"堂吉诃德"

  蝙蝠。蝙蝠藏在哪里一直是一个谜，没有人知道它们在哪里。和许许多多的飞行动物不一样，蝙蝠只在夜间飞行。在满月的夜里，蝙蝠们鬼鬼祟祟的，它们在夜空中划拉出怪异的弧线。大人们说，只要你愿意把鞋子脱下来，往天上扔，蝙蝠就会钻到你的鞋子里。我们就往天空扔鞋子，我们臭气熏天的鞋子如同烟花一般升上了天空。我要说的是，我们没有成功过一次。但是，热情和失败无关。一代又一代的孩子们一天又一天、一年又一年重复着这个游戏，鞋子在上天，在入地。是什么东西支撑着这个古老的游戏呢？太匪夷所思了。

  蜜蜂。蜜蜂也有窝，这个许多人不知道。它们会用细小的、柔弱的嘴巴在土基墙上掏洞，飞进去之后再把身体转过来。如果你有兴趣，你可以站在洞前和它们对视。它们小小的眼睛会望着你，它们小小的眼睛里也有小小的惊慌。在我的少年时代，捉蜜蜂是一件很惬意的事，你可以拿一个瓶子，把瓶口对准洞口，用一根草进去拨几下，蜜蜂就飞出来了，一头撞进你的瓶子。

  蜘蛛。我们一直把蜘蛛叫作"喜喜蛛"。因为占了两个"喜",蜘蛛在我们的眼里是吉祥的。每一间草房子里头都有大量的喜喜蛛,人们从来不碰它。如果你的运气好,又有足够的耐心,你能看到喜喜蛛结网的全部过程,那是默无声息的,却也是惊心动魄的。丝线如大便一样,从喜喜蛛的肛门里拉出来了,这才是真正的"拉"。它是天才,它是最伟大的行为艺术家。除了喜喜蛛,天下再也没有一样东西只靠自己的肛门就能保证自己生计的了。

蛐蛐。到了秋后,草房子的墙角少不了蛐蛐,当然也有纺织娘。对孩子们来说,蛐蛐的叫声更具召唤力。我们的耳朵多专业素养很过硬,会听的。怎样的叫声预示着怎样的战斗力,我们一听就知道。但是蛐蛐特别地机警,你一靠近它就沉默。你要等,蹲在那里,别动。时间久了,蛐蛐就以为你离开了。在它再一次吟唱的时候,我们的耳朵如同 GPS,一下子就锁定了它的方位。

油葫芦。油葫芦和蛐蛐很像。它的叫声比蛐蛐还要嘹亮,身躯也比蛐蛐硕健。不同的是,蛐蛐的尾巴是两根须,而油葫芦的尾巴则是三根须。许多人分不清油葫芦和蛐蛐,他们会把油葫芦当作魁梧的蛐蛐,那是很丢人的。

除了鸟类和昆虫，草房子其实也是植物的天堂，尤其是半新的草房子。你会看见伸出檐口的椽子上长出木耳，你还能从屋顶或土基墙上意外地发现一株麦子，像模像样地结出麦穗。当然，油菜花也有。油菜花孤零零地，煞有介事，开放着金黄色的花朵。

最夸张的就是草房子上头长出木本植物，也就是树。它们一般都长不大，但是，你不能拔，一拔就会带下来一大块土。对草房子来说，那是灾难性的。聪明的做法是把它们锯了，光秃秃的，不可思议的树根就那样不可思议地长在我们的头顶上。

草房子意味着贫穷，这句话没有错。可是，伴随着四季，草房子它生机盎然，草房子有草房子的夏荣与秋实，说它像天堂，这么说似乎也不错。

可我想强调一件事，每一座废弃的草房子都是地狱。它们没有屋顶，只有残败的土基墙。残垣断壁是可怕的，它们和家的衰败、生命的死亡紧密相连。本来应该是堂屋或卧房的，却蓬生蒿长了，那些杂生的植物像疯了一样，神经了，格外地茂密，格外地健壮。这茂密和健壮是阴森的，那是老鼠、蛇、黄鼠狼出没的地方，也是传说中的鬼、狐狸精和赤脚大仙出没的地方。色彩诡异的蝴蝶在杂草的中间翻飞，风打着旋涡，那是极不吉祥的。在我看来，蒲松龄的出现绝不是空穴来风的一件事，蒲老先生一定见过太多的孤宅和太多的断壁，哪一条断壁的拐弯处没有它自己的狐狸呢？在乱世，意外的死亡是常有的，悲愤的死亡是常有的，那么多的亡魂不可能安稳，所以，狐狸的尾巴会无端地妖冶，那是冤魂的摇曳。

草房子就是这样，新的有多灿烂，破的就有多凄凉。从新到旧，是现实的全部，也是想象的一个零头。

草房子里成长起来的灵魂是波动的，一直会朝着远方荡漾。

家具手电筒

我突然意识到,在这样的语境里说"家具"是一件很可笑的事。我并不知道我们家有多穷,但我们家经常搬家。一搬家,我们家的贫穷就纤毫毕见了。

最早发现我们家秘密的是一个农民,他在码头上。当我们一家五口从船上上岸之后,那个农民望着水里的船,脸上带上了不解的表情,他说:"这个家怎么没什么东西?"

我们家真的"没什么东西",如果一定要说家具的话,其实就是几床铺板。因为父母都是教师,我们住的都是公房，桌子和凳子这些大件也都是公物。剩下来的，就是几个箱子。对了，还有炉子，还有锅，还有澡桶，还有脸盆，还有油瓶，还有盐罐，还有十几个碗和十几双筷子。我们家的家当就是这些了。无产阶级专政的力量的确起到了伟大的作用，它确保了"百分之九十五以上"的人们都是无产阶级。

我现在要说的是手电筒。严格地说，手电筒不能算是家具，但我要强调的是，手电筒在我们家的确是一件最为要紧的家具。我还要强调，在手电筒这个问题上，我的父亲是慷慨的，偏执的，坏了一个就再买一个——因为眼睛不好，父亲在夜晚离不开他的手电筒。在我的童年与少年，我从来没有离开过手电筒。我在许多小说里描写过手电筒，是它让我的童年与少年变得非同一般。

手电筒最为迷人的地方当然是它的光。依照常识，光和热紧密相连，它们是一码事。可是，手电筒最为了不起的地方就在于，它让光和热分离开来了，手电筒的光没有温度。这是一件极其伟大的事——光居然可以

苏北少年"堂吉诃德"

放在手里把玩了。我喜欢把手电筒捂在掌心里,一打开,我的手指头就半透明了,通红通红的。我第一次见到这个景象的时候吓了一大跳,和见了血一样惊悚。可是,一点也不疼。

　　手电筒的光不仅是光、热分离的,它还有一个特点,是聚集的。在遇到手电筒之前，我见到的都是自然光，它们是分散的：阳光是这样，灯光是这样，炉膛里的火光也是这样。是手电筒让光有了组织性，不是成为光的棍子，就是成为光的喇叭。是的，组织性就是棍子，组织性就是喇叭。当手电筒的光变成一根棍子之后，它笔直笔直的，从村子的这一头一直可以照到村子的那一头。手电筒一关，村子在眨眼之间就回到了先前的幽暗。

我喜欢遐想的习惯就是手电筒带给我的。在漆黑的夜里，用手电筒探照夜空是我最爱干的一件事。这时的光不再是棍子，而是柱子。光柱子顶天立地，它在黑色的夜空里摇晃，你什么都看不见，你反而找不到任何一颗星星。但少年的心就此变得浩瀚。

探照夜空是一件充满了希望的事情，你能够得到的却一定是绝望。你什么都找不到，光也是有局限的，意识到这一点是一件让人很沮丧的事情。

我很快就得到了大人的告诫：手电筒是不能往天空上照的。我问为什么，答案吓了我一跳——浪费电。

为了把这个问题说清楚，告诫我的人用粉笔打了一

苏北少年"堂吉诃德"

个比方,他说,你用粉笔在地上画一条线,粉笔的消耗并不大,但是,如果你用粉笔"从我们村一直画到北京",粉笔很快就被耗光了。

我听懂了。在我们村,"北京"其实不是什么首都,它最真实的意义是远。如果说,一个男人的老婆"在北京",那么,毫无疑问,这个人就是一个光棍。"在北京",它和"在月亮上"没有任何区别。"北京"在我们想象力的最顶端,一过了"北京",想象力只能走回头路。

天哪,我手电筒里的光都去了"北京"了,它们在天安门的上空熠熠生辉。虽然我没有看见,但这样巨大的消耗哪里是一只小小的手电筒可以承受得了的?我很后悔。作为一个求知欲极强的孩子,我说不出"知识就是力量"这样的话,但是我知道,懂得多总是好的。在愚昧的时代,我用走向愚昧的方式告别愚昧。

愚昧是什么?愚昧是一种特殊的知识。愚昧是一种当时令人绝望而事后让人发笑的知识。所以,老黑格尔说,人类都是"微笑着"和自己的过去告别的。然而,大部分时候，我选择相信爱因斯坦。爱因斯坦说，愚昧不可战胜。

我再也不会用手电筒照耀夜空了。就在知道了"真理"并掌握了"真相"的当天晚上，我灰溜溜地回家了。我做错了事，不敢声张。我不敢把我做错了的事情告诉我的父亲，如果我告诉我的父亲，我的父亲一定会给我解释清楚的。可我胆怯了。现在回想起来，胆怯其实正是愚昧最大的温床。伏尔泰在总结启蒙运动的时候说，启蒙就是"勇敢地使用你的理性"。是的，勇敢地。"使用理性"绝对不是一件容易的事，它需要我们的勇气。理性与勇气从来都是孪生兄弟，甚至可以说，是一枚硬币的正面与背面。

因为贫穷，我没法像模像样地描述我家的家具，我只能描写我的手电筒。我没有跑题，写下这一章是必要的。

家具热水瓶

对了,我的家里还有四个热水瓶呢,我怎么也不该忘记它们。

别看我们家穷,我的父亲却有一个很高级的习惯,喝茶。我从小就知道一样东西,叫茶叶末子。我的父亲一直喝茶叶末子,那些因为破碎而剩在最后的粉状的茶叶。

喝茶就少不了热水。我们家有四个热水瓶。不要小看了这四个热水瓶子,它们对我们家至关重要。某种程度上说,我们家的基本局面就是由这四个热水瓶确定的。有时候，我们家很像一个高级的研究院，聚集了许多探讨问题的年轻人；有时候呢，我们家干脆就是一个茶馆。无论是研究院还是茶馆，它的主人都是我的父亲。父亲的助手则是四个热水瓶。

热水瓶离不开水，还是先说水吧。兴化是水乡，到处都是水。大部分人家都是临水而住的，要不屋前是河，要不窗后是河。可我们家却从来也没有在河边居住过，为什么呢？这就和学校的选址有关了。学校必须离河流远一点，越远越好。这样安全些。

这样一来我们家用水就不方便了。照理说挑水这样的事情应当由我的父亲去做，但是，这是不可能的。母亲承担下来了。母亲终究是教师，她做不出"挑"这样的动作，她就买了两个水桶，一手一个提。到我十岁之后，父亲发话了，改成我和我的二姐两个人抬。

父亲在做什么呢？看书。他守着他的四个热水瓶，看书。实在没书看了，他就搞科研。这个读私塾出身的中年男人利用"文革"期间的闲暇自习起了数学和物理。在这里我要说一说"文革"。在许多人的印象里，"文革"

苏北少年"堂吉诃德"

就是武斗,"文革"就是打砸抢,没错。可是,相对于漫长的政治运动,武斗和打砸抢毕竟是短暂的,比武斗和打砸抢更加恐怖的是对人的废弃。废弃,懂的吧,你就像一具无人认领的尸体,永远被撂在那儿了。父亲从1957年就被撂在那儿了。他也有他的日子,他也要活人的,这就比承受批斗和打砸抢困难一点了。他的选择是搞科研。研究来研究去,出成果了,在我读初中的时候,他这个语文老师来了一个华丽转身,一边教高中语文,一边教高中物理。这是不可想象的,也许全中国也找不到几个。

关于我父亲,我要说一句公道话,这个出生于1934年的人被战乱和动荡耽搁了。他的身上有恐怖的、令人窒息的学究气,凡是他没有弄明白的问题,他可以不吃,不睡,成仙了一样。他喜欢想。对着他的茶杯,要不对着他的四个热水瓶,空想。他是我们家的爱因斯坦、霍金和居里夫人。父亲是一个普通人,从来没有做出什么成就,但是,他对科学的狂热与执着丝毫也不亚于《哥德巴赫猜想》里的陈景润。他是不食人间烟火的,寡言,偏执，睿智。在他自学光学的时候，我的家里到处挂满了光学线路图。他在墙前一站就是好几个小时，瞳孔里全是宇宙。陪伴他的就是那四个热水瓶。

毫无疑问，他老人家对我很失望，也可以说很绝望。他希望我成为一个物理学家或数学家，他认为"那些人"是"真正有用"的人。小说家是"没本事"的。小说家没有"硬实力"，小说家更没有"真学问"。小说家都是"虚的"。很抱歉，我对物理和数学一点兴趣都没有。但我身上的偏执很像他。成家之后，我也不做家务，我也喜欢空想，我也可以没日没夜地做我喜欢做的事情。我们都死心眼。我们还有外人所不能了解的心理承受能力。我们都骄傲。

有一年的冬天，年逾七旬的母亲和年逾七旬的父亲拌嘴了，母亲眼泪汪汪地来到我的面前，她告状来了。她老人家指责我的父亲，说"老东西阴险"，说"我都七十多岁了，我至今不知道他是一个什么样的人"。老实说，母亲作为一个小学老师，抱歉了，亲爱的母亲——你"至今不知道他是一个什么样的人"是正常的，你是不可能了解父亲的。父亲怎么会阴险呢？不，一点也不。外人不了解他，那是因为他简单。人们不愿意相信另一个人会如此简单——他只对他有兴趣的事情有兴趣。

父亲热衷于科学是一个假象。他真正感兴趣的还是社会和人文，但是，"出身"、"反右"和"文革"严重挫伤了他，也彻底耽搁了他。他只能把他满怀的、不可阻挡的生命能量与才智转移到该死的物理和数学上。他喜欢鲁迅，喜欢胡适，喜欢金圣叹，喜欢林肯，喜欢马丁·路德·金。对了，他喜欢曹雪芹，喜欢晴雯（我的二姐就叫"飞雯"）——"心比天高，身为下贱"。他喜欢李商隐——"虚负凌云万丈才，一生襟抱未曾开"。大学二年级的那一年，我迷上了李商隐，父亲一看到我的书就把脑袋转过去了。李商隐是他一生的痛。

我年轻的时候父亲一直阻止我写作，他是怕。他怕我成为"右派"。与其做了"右派"之后再一次回到乡下自学物理和数学，不如一开始就读物理和数学。

每天起床之后，母亲的第一件大事就是烧水。因为家里有炭炉子，四个热水瓶每时每刻都被我的母亲灌得满满的。故事来了。我想说,不是因为父亲的亲和力,而是因为热水和热水瓶,我们家的客人多了。我喜欢家里头有客人,客人一到,家里凝重的气氛即刻就松懈下来了。老实说,我一点也不喜欢父亲的气场,他沉思的模样让我的家里死气沉沉,他的瞳孔里只有宇宙。

很不幸,我的儿子也不喜欢我的气场。我坐在电脑面前的样子也让他觉得家里头死气沉沉。历史就是这样,它要循环,我也没有办法。我不愿意看见我父亲永远也不能聚焦的目光,我想我的目光在我儿子的眼里也是一样的——他将来会是一个什么样的男人呢?

客人来了,父亲也会活跃。父亲不可能是一个好的庄稼人,但是,他对农业真的很在行。《玉米》和《平原》发表之后,不少读者惊讶于我的农业知识。我能知道多少呢?都是跟他聊天聊来的。谜底是这样的——遇到我不了解的事情,我就给父亲打电话。

这么说吧,如果没有父亲的帮助,《玉米》和《平原》都不会是这样。

在我的童年时代,我喜欢听父亲和别人聊天。父亲

苏北少年"堂吉诃德"

的话不多,却总是说得恰到好处。我有一个不成熟的看法,孩子的一生其实就在父亲的嘴里,尤其是男孩。父亲在无意间不停地强化什么,孩子最后就真的成了什么。

四个热水瓶始终在那里,坏了一个,我的母亲就会补充一个。情况越来越好,大约在我的少年时代,我们家的情形慢慢地变了,由天然的农民"茶馆"变成了"知青俱乐部"。那些操着好听的、不同的外地口音的知青时常聚集在我的家里,当然了,他们是为了一本叫《收获》的杂志来的。他们有些人喝茶,有时候甚至就是一碗水。他们和我的父亲聊,他们也自己聊——世界一下子大了,是语言把世界撑开的,孩子的想象力在越来越大的世界面前匍匐前行。我的内心对远方充满了热切的遐想,大约就是在这个时候。

女人们都是不喝水的。无论是女性的庄稼人还是女知青,母亲总是把她们带进房里。所谓"房里",就是卧室。她们大多坐在床上。女人的话总是很有玄机,里头有许多开关。她们认定了我听不懂,从来也不避讳我。其实呢,我懂。在我做了父亲之后,我时刻提醒自己,永远不要低估了孩子。这句话也可以从孩子的身上延伸开来，演变为一个接受美学的问题：永远都不要低估你的读者和你的听众。无论是艺术还是政治，自作聪明都是表达的死穴。

写到这里我必然会问我自己一个问题：如果我们家没有那四个热水瓶，我们家没有变成农民的"茶馆"，没有变成"知青俱乐部"，我的童年和少年是怎样的呢？这个是不好假设的。但有一点可以肯定，我的童年与少年非常幸运，在那样一个闭塞的年代，我们家的四个热水瓶给我带来了开放。这里头有生活的再现，更为重要的是，有关于广阔和未知的热切与冥想。

我爱热水瓶么？不，不爱。我痛恨它们。某一年的冬天，我的母亲去了一趟县城，当她回家的时候，她把热水瓶的一种新用法给带回来了。城里人为了节省早饭的时间，他们在前一天的晚上就把稀饭煮到半熟，然后装进热水瓶里。第二天的上午，只要像倒开水一样把稀饭倒在碗里，一顿早饭就解决了。方便倒是方便的。可我还是想说，这是最糟糕的一项发明——想想吧，稀饭

苏北少年"堂吉诃德"

在热水瓶里被泡了一整夜,米和汤的形状都消失了,都稠在一块儿了,还稀稀拉拉的。确切地说,像屎。味道古怪极了。

想起第二天的一大早就要吃屎,我躺在床上,愁都愁死了。

水上行路

说起行,我的故乡顶有特色了。我们的"行"其实就是行船。我的故乡兴化在江苏的中部,所谓里下河地区。它的西边是著名的大运河。因为海拔只有负一米的缘故,一旦大运河决堤,我的故乡在一夜之间就成了汪洋。这样的事曾多次发生过。一次又一次的灾难严重影响了兴化人的文化基因,兴化人不太相信这个世界,兴化人更相信的东西是他自己。兴化人对教育有一种恋爱般的情感,柔软、绵长、坚毅,这一点和犹太人很像——只有装在脑袋里的财富才是真正的财富,恺撒、

苏北少年"堂吉诃德"

强盗和洪水都带不走它。

洪水一次又一次的冲刷让兴化的地貌变得很有特色，兴化成了一个水网地区。河流就是我们的路，水也是我们的路。我们兴化人向来是用手走路的，两只脚站在船尾，用篙子撑，用双桨划，用大橹摇。运气好的时候，换句话说，顺风的时候，你就可以扯起风帆了。我的朋友、诗人庞余亮写道："天空打满了补丁。"诗人总是伤感的，庞余亮还写道："天很疼，浑身都是膏药。"——无论是补丁还是膏药，庞余亮所描绘的都是我们家乡的风帆。

风帆意味着好运气，你赶上顺风了。也许是兴化人的缘故，在我还很年轻的时候，我对"运气"就有了非常科学的认识，有顺风的人就必然有逆风的人，有顺风的时候就必然有逆风的时候。在一条河里，好运的人和倒霉的人相加，最终是零；在你的一生里，好运的时候和倒霉的时候相加，最终依然是零。零是伟大的、恒久的。零的意义不是它意味着没有，相反，它意味着公平。是天道。都要归零的。

说起来真是不可思议，我在六七岁的时候就会撑船了。也没有学，玩着玩着，自己就会了。我的父亲非常吃惊，他在乡下生活了那么长时间，很想学撑船，每一次都无功而返。其实父亲用不着吃惊，只要牵扯到人的本能，孩子们大多无师自通。说白了，人的一生其实就是无师自通的一生，除了课本，又有几样东西是老师教会的呢？老师不会教我们接吻，只会禁止我们接吻，可我们都会，做得也蛮好的。

不会撑船的人都有一个习惯，一上来就发力。这是人在学习的时候常犯的错误：努力。老师们常常告诫我们，要努力！可努力有时候是最愚蠢的。以我撑船的经验来看，在学习的过程中，尤其是初期，"感受"比"努力"要重要得多。过分的"努力"会阻塞你的"感受"。就说撑船吧，在掌握正确的方法之前，"努力"的结果是什么呢？船在原地打圈圈，你在原地大喘气。好的学习方法是控制力气的，轻轻地，把全身的感受力都调动起来。在人、物合一的感觉出现之后，再全力以赴。

我现在来讲一个撑船的故事。在我很小的时候，我

苏北少年"堂吉诃德"

曾经把一条装满了稻谷的水泥船从很远的地方撑回打谷场。以我的身高和体重来说，那条装满了稻谷的水泥船太高了、太大了、太重了，是力所不能及的。可事实上，我并没有费多大的力气。奇迹是怎么发生的呢？水泥船在离岸的时候大人们推了一把，笨重的船体开始在水面上滑行了。这是极其重要的。巨大的东西有两个特征：巨大的阻力和巨大的惯性。这就是为什么泰坦尼克号在停火之后还会撞上冰山的缘故。事实上，在巨大的惯性之中，你只要加上那么一点点的力量，它前行的姿态就保持住了。问题是，你不能停，一停下来你就再也无能为力了。

我经常告诉我的儿子，无论多大的事情，哪怕这件事看上去远远超出了你的能力，你都不要惧怕它。"不可能"时常是一个巍峨的假象。在它启动之后，它一定会产生顽固的、取之不尽、用之不竭的惯性，你自己就是这个惯性的一部分。只要你不停息，"不可能"只能是"可能"，并最终成为奇迹。

农业文明的特征其实就是植物枯荣的进程，一个字,慢。每一个周期都是三百六十五天,无论你怎样激情澎湃,也无论你怎样"大干快上",它只能是、必须是三百六十五天。在农业文明面前,时间不是金钱,效益也不是生命。为了呼应这种慢,农业文明的当事人,农民,他们所需要的其实就是耐心。

农民的"行"也是需要耐心的。这就牵扯到农业文

明的另一个特征了，它和身体捆绑在一起。工业文明之后，文明与身体才脱离开来，所以，工业文明又被叫作"解放身体"的文明。农业文明不同，它是"身体力行"的——还是回到撑船上来吧，既然是身体力行的，你在使用身体的时候就不能超越身体，这一点和竞技体育有点相似了，它存在一个"体力分配"的问题。

在我刚刚学会撑船的时候，急，恨不得一下子就抵达目的地。它的后果是这样的，五分钟的激情之后我就难以为继了。一位年长的农民告诉我："一下一下地。"是的，农业文明不是诗朗诵，不是"我要上春晚"，五分钟的激情毫无意义，五分钟的激情在任何时候都可以忽略不计。

"一下一下地"，这句话像河边的芨芨草一样普通，但是，我绝不会因为它像芨芨草一样普通就怀疑它的真理性。"一下一下地"，这五个字包含着农业文明无边的琐碎、无边的耐心、无边的重复和无边的挑战。有时候，我们要在水面上"行"一天的路，换句话说，撑一天的船。如果你失去了耐心，做不到"一下一下地"，那么,你的处境将会像一首儿歌所唱的那样——小船儿随风飘荡。这可不是一个诗情画意的场景,它是狼狈的,凄凉的。这件事在我的身上发生过。

最后说两句:

一、有人问我,如何成为一个作家,我说,坚持写三十年,不要停止;

二、我从没有怀疑过自己的能力,即便如此,我还是要说,我最大的、最可以依赖的才华是耐心。

在水上行路的人都有流水一般的耐心。水从来都不着急,它们手拉着手,从天的尽头一直到另一个尽头。

第二章 玩过的东西

在我儿子的童年阶段，我的工作之一就是陪他买玩具。他在玩具柜台的面前转啊转，简直就是束手无策。那时候我就想，时代真的不一样了，他们的玩具丰富啊，都是专门的工业产品——毫无疑问，那些玩具一定也是专业人才发明出来的。

我的童年时代没有玩具。我沮丧了么？没有。事实上，我们是有玩具的，能够证明这一点的是我们的双手。我们的手可是从来也没有闲过。我们的玩具和现在的玩具是很不一样的，现在的玩具是这么回事，先有玩具，在"说明书"的指导之下，慢慢地滋生玩心；我们呢？相反。我们先有玩心，玩心上来了，逮着什么什么就是玩具。我们是在大自然里头玩的，我们的玩具只有一个，那就是大自然本身。无论是什么东西，只要我们一动玩心，它就必然和只能是我们的玩具,玩到后来,我们也就成了大自然的一个部分了。春夏秋冬,阴晴圆缺,我们都玩过。

  我在童年时代玩过的东西数不胜数,最特殊的,最让我难忘的,是下面的这几项——

桑 树

人是由猴子变来的,这个说法很容易得到乡下孩子的认可,道理很简单,乡下的孩子像猴子一样喜欢树。大人们也喜欢树,但是,他们有他们的理由,都是功利性的。大的功利是这样的:"植树造林,绿化祖国";小的功利则有些好笑,他们在墙上写道:"要想富,少生孩子多养猪;要想富,少生孩子多种树。"——发财是多么简单啊,人没了,遍地的树林、满地的猪。

祖国绿不绿、家庭富不富,这些和我们没关系。我们就是喜欢爬树,爬过来爬过去,树不再是树,成了我们的玩具了。有一点我要强调一下,我说树是"我们的玩具"可不是"比喻",是真的。我们没有变形金刚,没有悠悠球,没有四驱车,不等于我们没有玩具。我们是自然人,只要我们想玩,所有的一切都可以成为玩具,脚丫子都是。脚丫子最多只能开四个叉,可一棵树能开多少个叉?数都数不过来的。

爬树最难克服的还是树干那个部分,它们可不是脚丫,不开叉的,这样一来树干就没有"把手"了。我们的办法是"蛙爬"。"蛙爬"这个词是我发明出来的,简单地说,像青蛙"蛙泳"那样往上爬——先趴在树上,胳膊抱紧了,两只脚对称地踩在粗糙的树皮上,用力夹稳,一发力,身躯就蹿上去了,同时,胳膊往上挪,再抱住。以此类推。说到这里你就明白了,从表面上看,爬树考验的是腿部的劲道,其实不是,它考验的还是胳膊的力量。如果胳膊的气力不足,没能死死地铆住树干,你的身躯就滑下来了。这一滑惨了,不是衣服被扯破,就是皮肤被扯破,也可能是衣服、皮肤一起破。当然了,哑巴吃黄连的事也偶有发生,那就是"扯淡",男孩子都懂的。

村子里到处都是树，但我们也不会不讲究，逮着什么就爬什么，不会那样的。正如商场里的玩具可以标出不同的价格一样，我们眼里的树也是明码标价的。最好的，最贵的，只能是桑树。

我们是这么定价的。

第一，桑树不像槐树、杨树那么高，它矮小，枝杈也茂密，这样一来爬到桑树上去就相对容易、相对安全了，即使掉下来也不会怎么样。但这一条不是最为关键的，楝树也不高大，我们几乎不爬它。楝树的木质有一个特性，脆。脆里头有潜在的危险，在它断枝的时候，咔嚓一声屁股就着地了，一点缓冲的机会都没有。这就有了第二。第二，桑树的木质很特别，它柔，它韧，有充足的弹性。即使桑树的枝丫断枝了，那也是藕断丝连的，最后能撕下好大好长的一块树皮——摔不着的。在这里我愿意普及一个小小的常识，做扁担的木料大都是桑树，主要的原因就是桑树的弹性好。弹性可以最大限度地减轻重力对肩膀的冲击——弹性的美妙就在这里，当我们爬上桑树，站在树枝上，或坐在树枝上，或躺在树枝上，只要轻轻一个发力，我们的身体就得到了自动性，晃悠起来了，颠簸起来了。那是美不胜收的。荡漾不只是美感，也是快感。

通常，我们三五一群，像巨大而笨拙的飞鸟栖息到桑树上来了。鸟要"择木而居"，我们也"择木而居"。我们选择了弹性、韧性和荡漾。我实在记不得我们在桑树上度过了多少美妙的时光，那样的时刻大多在傍晚，也可以说，黄昏。很寂寞，很无聊，很空洞。这个空洞可能是心情，但更可能是胃。我们的食物是低蛋白的，一顿午餐绝不可能支撑到晚饭。在饥饿的时候，我非常渴望自己是一只鸟，这不是该死的"文学想象"，是切实的、普通的愿望。我希望我的腋下能长出羽毛来，以轻盈和飞翔的姿态边走边吃。当然了，饿了也没有关系，我们有桑树，桑树的树枝在晃悠。桑树的弹性给我们送来快乐，这快乐似是而非，不停地重复。

重复，我想我终于说到问题的关键了。我们的晃悠在重复，日子也在重复。重复真是寂寞，那些傍晚的寂

苏北少年"堂吉诃德"

寞,那些黄昏的寂寞。我都怕了黄昏了,它每天都有哇,一天一个,哪一个都不是省油的灯。

  我儿子五六岁的时候,我已经是一个年近四十的中年人了。有一天的傍晚,我和我的儿子在小区的院子里散步,夕阳是酡红色的,极其绵软,很大,漂亮得很。骄傲地,也可以说寥落地斜在楼顶上。利用这个机会,我给儿子讲到了李商隐。现成的嘛,"夕阳无限好"嘛。我万万没有想到的是,小家伙的眼里闪起了泪光,他说他"最不喜欢"这个时候,每天一到了这个时候他就"没有力气"。作为一个小说家,我是骄傲的,我的儿子拥有非凡的感受能力,也许还有非凡的审美能力。但是,作为一个父亲,我突然就想起了那些"遥远的下午"。在乡村的一棵桑树上,突然多了一个摇摇晃晃的孩子,然后,又多了一个摇摇晃晃的孩子。我没有给孩子讲述他爸爸的往事,我不希望我的孩子染上伤感的气息——那是折磨人的。从那一天开始,我每天都要在黄昏时分带着我的孩子踢足球,我得转移他的注意力,我要让他在巨大的体能消耗当中快快乐乐地赶走那些该死的忧伤。差不多是一年之后了，在同样的时刻，同样的地方，我问我的儿子："到了黄昏你还没有力气么？"儿子满头是汗，老气横秋地说："那是小时候。"这个小东西，从小就喜欢把一年之前的时光叫做"小时候"。苏东坡说："世人养子望聪明，我被聪明误一生，但愿此儿愚且鲁，平平安安到公卿。"我不是苏东坡，我的儿子也不会去做什么"公卿"。可无论如何，做父亲的心是一样的。

　　我要说，乡村有乡村的政治，孩子们也是这样。我们时常要开会。所谓开会，其实就是为做坏事做组织上的、思想上的准备。到哪里偷桃，到哪里摸瓜，这些都需要我们做组织上的安排和分工。我们的会场很别致，就是一棵桑树。这就是桑树"高价"的第三个原因了——世界上还有哪一种玩具可以成为会场的呢？只有桑树。一到庄严的时刻，我们就会依次爬到桑树上去，各自找到自己的枝头，一边颠，一边晃，一边说。那些胆小的家伙，那些速度缓慢的家伙，他们哪里有能力爬到桑树上来？他们当然就没有资格做会议的代表。我们在桑树上开过许许多多的会议，但是，没有一次会议出现

苏北少年"堂吉诃德"

过安全问题。我们在树上的时间太长了,我们拥有了本能,树枝的弹性是怎样的,多大的弹性可以匹配我们的体重,我们有数得很,从来都不会出错。你见过摔死的猴子没有?没有。开会早已经把我们开成经验丰富的猴子了——总有那么一天,老猴子会盘坐在地上,对着它的孩子们说,孩子,记住了,猴子是由乡下的孩子们变来的。

既然说到桑树,有一件事情就不该被遗忘,那就是桑树果子。每年到了季节,桑树总是要结果子的。开始是绿色,很硬,然后变成了红色,还是很硬。等红色变成了紫色,那些果子就可以当作高级水果来对待了,它们一下子柔软了,全是液汁——还等什么呢?爬上去呗。一同前来的还有喜鹊和灰喜鹊,它们同样是桑树果子的发烧友。可它们也不想想,它们怎么能是我们的对手?它们怕红色,我们就用红领巾裹住我们的脑袋,坐在树枝上,慢慢地吃,一直到饱。它们只能在半空中捶胸顿足,每一脚都是踩空的。它们气急败坏了,我们就喜气洋洋了。

——到了大学一年级我才知道,桑树果子是很别致的一样东西,可以"入诗"。它的学名优雅动人,叫桑葚。"吁嗟女兮,勿食桑葚。士之耽兮,尤可脱也。女之耽兮,不可脱也。"不要摇头晃脑了吧,《诗经》的意思是说,美女啊,不要吃桑树果子,吃多了会上男孩子的当。男孩子上当了可以解脱,女孩子一上当你就玩完了。这是怎么说的?桑树怎么会长出迷魂药来?无论《诗经》多好,它的这个说法我都不能同意。在我看来,在桑葚面前,女孩子不仅要吃,还得多吃。解馋是次要的,关键是能把口红的钱省下来。吃桑葚多魔幻哪,嘴唇乌紫乌紫的,像穿越而来的玄幻女妖,另类,妩媚。男孩子上她们的当才是真的。

　　所以啊,我要说第四了,桑树也是好吃的玩具。

鸟　窝

男孩子喜欢掏鸟窝，这是一件理所当然的事情。鸟蛋是上好的玩具，哪一个乡下长大的男孩没有玩过各式各样的鸟蛋呢！

有一种鸟叫花翎，很小，它的蛋壳是湖蓝色的，只有小拇指的指甲盖那么大。设想一下吧，当你把湖蓝色的、只有指甲盖那么大的鸟蛋放在掌心的时候，你的内心会涌起怎样的欣喜。大自然真的很瑰丽，一只鸟蛋的颜色就能说明这个问题。

但是很不幸，我的童年与少年是在六十年代和七十年代度过的,那是一个野蛮的时代。什么是"野蛮的时代"?我的结论是,"野蛮的时代"就是和美作对的时代——当你意识到什么东西"很美"的时候,这个东西差不多就到了灭绝的边缘。

花翎鸟也是这样,它越来越少了,它的蛋也越来越少了。相反,丑在扩大,满天都是麻雀,遍地都是老鼠。美真是一个特别脆弱的东西,一碰就碎;而丑的内部却有一种格外顽强的基因,它无坚不摧,在它的面前你时常感觉到无能为力。

有一件事我们一点都没有意识到——谁是美的毁灭者呢?答案能吓我们一跳,正是我们自己。

大部分男孩都喜欢掏麻雀窝,老师和家长也鼓励我们这样做。道理很简单,麻雀在和我们抢粮食。麻雀和老鼠、蚊子、苍蝇一起,构成了动物界的"四类分子",也就是"四害"。它们和我们不是一个阶级的。不是一个阶级,那就是阶级敌人。对待阶级敌人只有一个办法:杀。斩草除根。片甲不留。

绝大部分的麻雀窝都是在屋檐底下,乡下的房子矮,

苏北少年"堂吉诃德"

两个人的人梯就可以够着了，少部分才需要三人人梯。我们在很小的时候就是搭人梯的高手了，个个都会。后来看电影，看见我们的解放军战士经常用搭人梯的办法来攻城拔寨，我多多少少有些失望，也不敢说。攻城拔寨，那是气吞山河的景象，必须英武，怎么能跟掏麻雀窝似的呢？

我掏麻雀窝的次数并不多，掏多了也没意思。麻雀灰扑扑的，缺少鸟类应有的绚烂。我的注意力很快转移到花翎鸟上去了，我特别渴望拥有一对美妙的花翎。

然而寻找花翎鸟窝的难度实在是太大了。花翎鸟很稀少，差不多到了灭绝的程度——你怎么知道花翎鸟的鸟窝在哪里呢？

唯一的办法就是跟踪。当你在半空中看到一只花翎鸟的时候，你要悄悄地跟着它，任何一条河都不应该挡住你的去路。

还是先描述一下花翎鸟吧。它的体量比麻雀要小很多，羽毛却格外地艳丽，近乎斑斓。它的飞行也有特点，一顿一顿的。是四四拍。一个强音，一个次强音，然后，两个弱音。所以，花翎鸟无法像鹰或隼那样在一个水平面上翱翔，它的行进是短促的，仿佛股市的曲线。在两个弱音之间，它会掉下来，然后，借着下一个音节的重音，再蹿上去。也就是这样：嘭——嚓—嚓嚓，嘭——嚓—嚓嚓。上去，下来，再上去，再下来。费劲得很，危险得很。可爱当然也在这里。强者大多是不可爱的，强者有强者的淡定和从容。强者不用勉强，强者不会仓促。

别看飞鸟在天上飞行，似乎是无迹可求的，但有一件事我们永远也不该忘记，和人一样，任何一只鸟都要回家。所以，只要悄悄地跟着，无论多么遥远，无论多么隐蔽，你最终总能找到花翎鸟的家。鸟为什么不如人聪敏呢？因为它们没听过这句话：不怕贼偷，就怕贼惦记着。我们就是那些学会了惦记的贼。

我第一次见到花翎鸟的鸟蛋是在麦地里。为此，我跟踪了差不多整整一天。当我站在花翎鸟的家门口的时候，我吓了一跳，它的家就安置在三四棵麦秸秆的中间，正随风摇荡。但是，它的摇摇晃晃是一种假象，它有它

苏北少年"堂吉诃德"

的稳定性。就在麦穗刺眼的金光中间,两颗湖蓝色的鸟蛋安安静静地躺在窝里头,极为炫目。我没有把那两颗鸟蛋拿走,没必要的。这个家都是我的了,我要拿走那两只蛋做什么。我从小就是一个有远见的人,要想得到花翎,你就不能在意那两只蛋。

我见过那两只破壳的花翎鸟,它们是两只"肉滚子"——我们把破壳的、没有羽毛的雏鸟叫作"肉滚子"。我把"肉滚子"提了起来,放在了掌心。它们尚不能站立,紧闭着双眼,浑身通红,体温很高。对着太阳一照,它们的身体居然是半透明的,内部正在进行多种复杂的蠕动。我用我的指头逗逗它的嘴,它居然想吃

101

我的指头。它的嘴很坚硬，同时也很柔软，有一种神奇的感染力，一口就能抵达你的心窝子。

我的高兴是不言而喻的，我唯一的需要是准备鸟笼。用不了多久，我就可以拥有一对花翎鸟啦。

不过我不能吹牛，我不能说我在童年时代养过两只花翎鸟——某一天的午后，当我再一次来到麦地的时候，我的花翎鸟，我的"肉滚子"，我的鸟窝，连同那三四根麦秸秆，它们一起没有了。我当然知道那两个"肉滚子"的命运。作为玩具，它们会在许多人的手上传送，跌跌爬爬的，辅之以嫩声细气的尖叫。两三个小时之后，也许更短，它们会死掉。和许许多多的雏鸟一样，它们的生命不会开始，它们只能以梦的形式在麦地的上空飞行，一会儿上，一会儿下，节奏是四四拍。情形大致是这样的：嘭——嚓—嚓嚓，嘭——嚓—嚓嚓。

九月的云

有一种玩具你是不可能拿在手上把玩的，但是，这不妨碍你和它厮守在一起，难舍难分。

那是九月的云朵。这里的九月是公历的九月，如果换算一下的话，其实是农历的八月。在我的老家有一句老话，说，"八月绣巧云"。这句谚语是有语病的，是谁在八月里绣巧云呢？不知道。那就望文生义吧，绣娘的名字就是"八月"。这样说好像也没有什么大问题。

在农历的七月，我的故乡有些过于晴朗，时常万里无云。正如《诗经》里所说的那样，"七月流火"。都流火了,哪里还能有云?如果有,一定是遇上了暴雨,那是乌云密布的,一丁点的缝隙都不留。总之,七月里的天空玩的就是极端。到了八月,天上的情况发生了奇妙的变化,总体上说,一片湛蓝,但是,在局部,常常堆积起一大堆一大堆的白云朵来。因为没有风,那些一大堆一大堆的云朵几乎就不动,或者说静中有动。它们孤零零的,漂浮在瓦蓝瓦蓝的背景上。你需要花上很大的耐心才能目睹到它的微妙变化。

孩子都顽皮,没有一个人的屁股可以坐得住。可是,到了八月的傍晚,不一样了,猴子一样的孩子往往会变成幽静的抒情诗人。他们齐刷刷地端坐在桥上、墙头、草垛旁、河边,对着遥远的西方,看,一看就是老半天。

真正让孩子们关注的当然不是云,而是动物。平白无故的,一大堆的白云就成了一匹马了。这匹白马的姿势很随机,有可能站着,也有可能腾空而起。一匹马真的就有那么好看么?当然不是。好看的是变幻。一匹马会变成什么呢?这里头有悬念了,也可以说,有了玄机。

四五分钟的静态足以毁坏一匹马的造型,我们可不急。两三分钟,或四五分钟,一定会有人最先喊出来:"看,变成一头猪了。"

在通常的情况下,第一声叫喊大多得不到重视,一匹白马凭什么会变成一头白猪呢?可是,老话怎么说的?"天遂人愿"——玄机就在这里。不知不觉,一匹白马真的就幻化为一头白猪了,所有的眼睛都能见证这个遥远的事实。越看越像。最后成真的了,的的确确是猪。

我不知道"苍狗白云"这个词是谁发明的,他一定是一位心性敏感的倒霉蛋,他被人间的变幻与莫测弄晕了头,不知何去,不知何从。就在某一天,当然是"八月"里的一天,他的"天眼"开了。通过天上的云,他看到了苍天的表情,还有眼神。就在一炷香的工夫里,他理解了大地上的人生。他看到了人生的短暂和不确定性,他看到了命运姣好的静,还有命运狰狞的动。他由此成了一个怀疑论者,或者说,相对论者。他一下子就"明白了",由此获得了生命里的淡定与从容。就像虞姬在临死之前所吟唱的那样,"自古常人不欺我,成败兴衰一刹那(为了押韵,这里念'nuo')"。一刹那啊。

当然了，乡下的孩子是简单的，乡下的孩子看天上的云，不是为了"悟道"，更不可能"悟道"。我们只是为了好玩，怀揣的是一颗逛动物园的心。看了骆驼再看马，看了狮子再看熊，这多好哇。要知道，许多动物我们从来都没有见过——因为云朵的飘移，我们认识了。你看

看，云和天空所做的工作居然是"科普"与"启蒙"。也还可以这样说，在看云的时候，我们其实在看露天电影，天空成了最大的屏幕，生命在屏幕上递嬗，演变，你中有我，我中有你。"天"和"云"就是这样神奇，难怪我们的先人一遍又一遍地告诉我们：向大自然学习。我们观察大自然，研究大自然，其实都是学习。

如果你的启蒙老师是大自然，你的一生都将幸运。

"神马都是浮云。"这是前些年流行过的网络语言，颓废啊，颓废。唉，现在的孩子就知道浮云的虚幻，他们哪里能知道浮云的妙呢？其实呢，"浮云"要比"神马"神奇得多、有趣得多——全看你有没有那样的造化了。造化在天上，也在你的瞳孔里，也在你的灵魂里。

蒲苇棒

到了深秋，男孩子们都喜欢到水边去采集蒲苇棒。所谓蒲苇棒，其实就是蒲苇的种子。每一棵蒲苇到了青春期之后，它的中间部位就会长出一根独特的硬秆，顶头毛茸茸的，这就是蒲苇棒。到了盛夏，蒲苇棒差不多就发育成熟了，大拇指那么粗，十到十五厘米那么长。可是，这时候你是很难注意到它们的——在盛夏，蒲苇的叶子实在太妖魅、太高调了，它修长，柔美，还挺括，在叶子们铺天盖地的摇曳中，蒲苇棒呆头呆脑的，像幼儿园大班里正在跳舞的小男生。

苏北少年"堂吉诃德"

进入到秋后,蒲苇的叶子萎靡了。它们越来越枯,越来越黄,一点一点耷拉下去了。蒲苇棒没动,却挺立了出来。远远地望过去,茂密的蒲苇丛里全是直立的蒲棒,一根一根的,骄傲得跟什么似的。

没人愿意拿蒲苇棒做柴火。它不经烧。如果把一根粗大的蒲苇棒送进火堆里,它一下子就没了。大人们把这样的火叫作"软火",而槐树根和榆树根所散发出来的火才能称得上"硬火"。"硬火"可以炖鸡,可以熬骨头汤,"软火"却不行。一种植物在它枯死之后连做柴火的资格都没有,通常是不受待见的。

但是,对男孩子们来说,蒲苇棒却有用,主要用来打仗。男孩子们把蒲苇棒采回来了,先放在天井里,晒。晒干了,再悄悄地保存起来。冬天一定会来,暴风一定会来。在冬天的暴风来临之后,男孩子们的战争也就开始了。他们把蒲苇棒斜捆在身上,像美国大片里海军陆战队的好汉,出征了。

还是回到蒲苇棒上来吧。别看蒲苇棒的中间有一根茎,其实,它浑身都是绒。这就是大自然的仁慈了。无论你多么弱小，大自然都会给你张扬自身的机会——见过蒲公英种子的飞翔吧？见过。对，那些小小的、毛茸茸的"降落伞"的底部都有一颗种子，"降落伞"停在哪里，种子就会种在哪里。蒲苇也是这样，唯一的区别就在于，它的绒，或者说，种子，在数量上要巨大得多。

这一说就清楚了，所谓战争，就是孩子们用蒲苇棒去攻击敌人的脑袋。因为绒毛太软了，你的脑袋在受到蒲苇棒的攻击之后，不仅不会受伤，甚至也不怎么疼。然而，由于蒲苇棒被晒得很干，所有的绒毛都是干的，轻的，只要轻轻一碰，那些绒毛就如同炸弹一般，炸开了，更何况是用力的一击呢？"弹片"白花花的，软绵绵的，慢镜头一样，宛如大雪的局部——这就是为什么战争要选择在大风的日子。暴风强化了爆炸的效果，惊天动地。雪白的弹片飞啊，飞，随风而去。太刺激了。长大之后，我看过许多美国大片，无论科技如何发达、制作如何精良，我再也没有见过比我们的战争里更美妙的爆炸了。

想象一下吧，十几个、几十个男孩一起投入到战争

苏北少年"堂吉诃德"

中来了,大爆炸接连不断,无声无息。我们的村子里将是怎样一种引人入胜的"雪雨腥风"。我们白花花的,全他妈变成了顶天立地的烈士。大汗淋漓。永垂不朽。

蚂　蟥

　　蚂蟥是恐怖的,作为水中的软体动物,它吸血。

　　其实,蚂蟥的恐怖完全不是因为它吸血,而是因为这个家伙太阴森。如果是被狗咬了,我们会很清楚,狗用牙齿把我们的肌肤切开了。蚂蟥呢? 它软软的,浑身没有一点硬的地方,就是这样一个没有嘴、没有牙齿的东西,当它缠住人的时候,时常比一条疯狗还要可怕。

　　说蚂蟥没有嘴也许并不科学,它有嘴,是一个吸盘。这个吸盘一旦贴上人的肌肤,了不得了,它就再也不松口了。不松口也不要紧,它瘆人哪。就说它的游泳姿势吧,谁也不愿意看。在它前行的时候,它身体突然变长了,这个变长是从头部开始的,往前抻,一直抻到尾部;然后呢,收缩,收缩却又是从尾部开始的。蚂蟥就是这样在水中前进的,它的身长永远都不固定,时时刻刻处在长长短短的变化之中。伴随着长与短的变化,粗和细也跟着变。你说蚂蟥能是什么好东西?它太阴了。

我被一群蚂蟥咬过一次。当我发现我的小腿被蚂蟥缠上之后,我跳出了稻田,大呼小叫,撒腿狂奔。我一口气跑出去几十米,当我停下来的时候,它们贴得更紧了,像锔在了我的身上。我的鸡皮疙瘩一阵一阵往外冒,咕噜咕噜的。

蚂蟥还会装死。一装死它的身体会抱成一团,圆溜溜的。大的有乒乓球那么大——话说到这里我不得不改变我的语气了,离开水的蚂蟥也是好玩的。

既然说到了球,我就有必要谈一谈球。无论是乡下的孩子还是城里的孩子,都有一好,那就是玩弹子球。

玩弹子球带有赌博的性质，有输赢的。具体的玩法是这样的：把球放在无名指和大拇指之间，大拇指一发力，球就弹出去了。如果我的球能撞击到你的球，你的球就得归我。

乡下的孩子哪里有球呢？没有。如果一定要玩弹子球，机会一般都在盛夏。捉一些蚂蟥，搓汤圆一样，把蚂蟥放在掌心里搓几下，一个球就这样出现了。

不过这也没什么大意思，赢了，赢几条蚂蟥，输了，输几条蚂蟥，这算什么呢？

突然有那么一天，我们村来了一个走亲戚的城里人。这家伙很神气，从头到脚没有一块补丁，打弹子球打得好极了——但他不知道我们玩的是什么球，软软的，溜圆的，在地上滚。他弄不懂这些球是什么材料做的，新型的化工产品也说不定。知识就是力量，就在某一个刹那里头，我们几个乡下孩子达成了默契，想欺负他。我们故意不玩了。我们中间有一个大个子，他把所有的"弹子球"一股脑儿全都装进了客人的裤兜。

后来的事情我们无法知道。那就猜一猜吧。当城里

苏北少年"堂吉诃德"

的孩子再一次想起他意外的礼物时,他的手得意了,慢慢伸进了裤兜——弹子球神秘地失踪了。他摸到一把软绵绵的东西,像固体的鼻涕。从此,那个城里的孩子终身记住了一种特殊材料,古怪极了,叫蚂蟥。

红蜻蜓

有一件事情我至今还不明白，红蜻蜓是从哪里来的？它为什么会有那么多？

和红蜻蜓比较起来，蜻蜓更常见，我喜欢的也是蜻蜓。蜻蜓的个子要比红蜻蜓大许多，身上的花纹一般以浅绿色为主，灰色的部分也有。蜻蜓诱人的地方就在于它的翅膀，半透明的，上面的那一对稍长，下面的那一对稍短。它们的眼睛特别，所谓的脑袋其实就是两只大眼睛，裸露着。很长时间里头我都在为蜻蜓的眼睛担心，没有眼睑的保护，它们飞行在树丛里，万一被什么东西碰到了那可怎么办? 我的担心多余了，没有一只蜻蜓会撞伤自己的眼睛。生命与大自然之间微妙的配合，由此可见一斑。

在这里我要交代一件事，蜻蜓的眼睛让我吃足了苦头。我喜欢捉蜻蜓，可是，每当我站在它的身后并蹑手蹑脚靠近它的时候，它都能得到神秘的启示，然后，成功地逃脱。长大了之后我才知道，蜻蜓的视域足足有三百六十度，换句话说，没有死角。上帝是仁慈的，造物主是仁慈的，生命的进化逻辑是仁慈的，无论你多么弱小，你都可以为自己争取到一个活下去的理由，这个理由会生长在身体的内部。

我是多么的愚蠢——蜻蜓一五一十地看着我呢，正含英咀华，而我却认准了蜻蜓什么都看不见，还蹑手蹑脚呢。知道这个常识之后我得到了一项很好的心理提示，尽可能不要蹑手蹑脚，没用的，白费劲。

我记忆中的蜻蜓永远都是那样优雅，尤其在它们栖息的时候。它轻盈的程度令人吃惊。相对于蜻蜓的身躯，它的腿脚纤细了，只有蚕丝那么粗。可是，正是如此纤细的腿脚，硬是把如此修长、如此巨大的身躯支撑起来了。一片无论多么细小的叶子都可以成为蜻蜓的栖息地，微风轻拂，蜻蜓安安静静，同时也摇摇晃晃——它有体重么？我在童年时代纠结于蜻蜓的体重，长大之后又纠结于芭蕾舞演员的体重，它（他）们的体重哪里去了呢？

我想问一个问题：小荷才露尖尖角，早有什么立上头？答案只有一个，蜻蜓。让我们来看看这句诗吧，"小"、"才"、"尖"，这是诗人刻意挑选出来的词，很简单，但它们却构成了一个初生的、娇嫩的、排除了力量的、也不需要任何力量的世界，"蜻蜓"似有若无的体重与这个世界构成了绝配。诗歌的"意境"不是别的，是彼此般配的文字在化学反应之后所产生的弥散。事实上，蜻蜓"早"就来了，仿佛一场空前绝后的等待——卡尔维诺如此在意"轻逸"，有他的道理。雄浑的"重"可以抵达一种伟大，鬼精鬼灵的"轻"则可以抵达另一种伟大。

对了，我似乎不该遗忘蜻蜓的飞行，它们一般出没

苏北少年"堂吉诃德"

在池塘边,一个有水、有芦苇的地方。我注意到,蜻蜓一般都是单飞,很少成群结队。画家——何多苓还是周春芽——说过:"我很自豪,我一直都是一个人。"我觉得这句话说得好极了。这是一个艺术家应有的飞行姿态。一个从事艺术创作的人,无论他有多少朋友,他应当是一个人,必须是一个人。孤独是艺术家的道德。当一个艺术家热衷于"抱团"而无法阻挡他的"饭局"和"应酬"的时候,你对他的创作几乎可以不抱指望了。孤独是一种特殊的能量,它不是玄学。孤独是创作的本质,也是创作的形式。艺术家的生命往往取决于这种孤独的正能量。

蜻蜓是如此的卓尔不群——如果你的运气好,碰上了两只蜻蜓同时飞行,那我可以告诉你,其中的一只是公的,另一只一定是母的。它们在求偶。在它们达成协议的时候,母蜻蜓会栖息在一片叶子上,然后,公蜻蜓就"栖息"到母蜻蜓的后背上去了。它们的尾巴连在一起了,无忧无虑。远远地看过去,简直就是两片相依为命的叶子。是的,我从没见过蜻蜓的吃、喝、拉、撒,它们是水边的神仙,也可以说,它们是一种神奇的植物,仅靠光合作用就可以获得生命的翅膀。

可是,红蜻蜓不一样。它们喧闹。它们最大的喜好就是倾巢行动,一来就是一大片,一来就是大动静。它们真多啊,遮天蔽日。

红蜻蜓的来到通常都是突发性的,一般在盛夏。两到三天的阴雨之后,天空晴朗了。雨后的晴朗可不是一个好东西,空气中积压了大量的水,闷极了,这时的大地是黏稠的,空气是黏稠的,大人们的叹息也是黏稠的。我从小就不喜欢雨水,这和语言有关。大人们虽然不说雨水"坏",但大人们一律把晴天叫作"好天"。我们这一代人就是在"好和坏"的训导中成长起来的,"好天"是"好人",雨天只能是"敌人"——我怎么可能喜欢它呢?

太阳出来了,天"好"了。就在黏稠的空气里,村子里突然传来了消息,红蜻蜓来啦!得到消息的孩子们拼命地跑,我们聚集在红蜻蜓的下面,开始欢庆我们的节日。

苏北少年"堂吉诃德"

红蜻蜓真的是红色的,严格地说,绛红色的。当然,翅膀依然是透明的。因为数量的巨大,我们的上空仿佛覆盖了一层彤云。那些透明的翅膀在阳光的底下熠熠生辉。它们密密麻麻,闪闪发光,乱作一团。可是,它们自己却不乱,我从来没有见过两只蜻蜓相撞的场景。孩子们高兴啊,孩子们的内心始终是一条狗,你永远都不知道它在什么时候撒欢。我们在彤云的下面疯跑,同时也开始了我们的杀戮。我们的竹竿或树枝在空中乱舞,它们呼呼生风。许多红蜻蜓被我们拦腰打断了,但是,打断了的红蜻蜓不会即刻死去,它们依然能飞,越飞越低,最终降落在大地上。

但红蜻蜓绝对不是被我们杀绝的,我们不可能杀绝它们。天色暗淡下来了,所有的红蜻蜓一起消失在暮色里。它们无影无踪。哪里去了呢?没有人知道。孩子所能知道的也只有一件事,红蜻蜓并不是每一年都来的,有时候三年一次,有时候五年一次。照这样计算,红蜻蜓给我们送来的节日比中秋珍贵,比春节珍贵。

第三章 我和动物们

我说过，在极为贫困的乡村，孩子其实不是孩子，是动物。我这么说绝对不是一种比喻，而是实情。我的依据是什么呢？是关系。孩子和人的关系更密切，当然就是人，和大自然的关系更密切的呢，只能是动物。我们和大自然的关系密切到什么地步呢？举一个例子，喝水。如果我们渴了，想喝水了，怎么办呢？很简单，来到河边。如果是冬天，用手掬，如果是夏天，则干脆就站在水里，把脑袋摁在水面上，一边尿，一边喝。我相信我们的体质也是接近于动物的，我们从来不会因为喝生水而闹肚子。1987年，我大学毕业，来到南京做起了教师。有一天的下午，我踢了很长时间的足球，渴得厉害。开水太烫，我等不及的，就把嘴巴靠到自来水的龙头上去了。结果呢？当天夜里就出了问题。直到这个时候，我终于知道了,兄弟,你成"人"了,你是一个"城里"的人了。

我说我们是动物还有一个理由,我们和动物无比地亲昵。当然了,我所说的动物不是非洲草原上的原始动物,而是我们的家畜们。

猪

我们家的家务不多，我的上面还有两个姐姐，这样一来我几乎就不做家务。不做家务也很无聊。无聊到一定的地步，自然会静极思动。我的"静极思动"有意思了，到别人的家里做家务去。什么最脏、什么最苦我就做什么。什么是最脏、最苦的家务呢？打扫猪圈。打扫来打扫去，我得到主人的赞扬："这小伙多好，懂事，勤快！"我很美，我的虚荣心一粒一粒的，全成了爆米花了。孩子得到表扬和大人得到表扬肯定不一样，孩子得到表扬之后容易生病，这个病就叫"人来疯"。我的人来疯上来了，动不动就跳到人家的猪圈里去。

母亲把我的行为叫作"吃里爬外"，这个说法不好。我所喜欢的是另一个邻居的话，她是这样评价我的："吃家食，拉野屎。"

可以这么说，我的整个少年都在为别人家打扫猪圈。咳，我做了多长时间的活雷锋啊，从来都没有一个领导为我题过词。

2005年，我出版了《平原》。在《平原》里，我多次写到猪。那一次在广州，我遇见了一位热心的读者，他批评我了，他说《平原》关于猪的描写有误。我耐心地、认认真真地听完了，后来还说了几句感谢的话。我的心里是怎么想的？我心里头说："你开什么玩笑呢。"

我今天只讲猪的两件事：一、猪的出生，二、猪的死亡。

猪的出生

在我的童年和少年时代，"私有"是一种罪恶，人的一切都归"国有"。在那样一个畸形的时代,猪反而是独特的生命——它可以私有。和鸡、鸭一样,国家鼓励农民养猪。但是,这个"养"和今天的私人养殖又有所不同,它有量的限定。如果一个家庭只养一两头猪,"养猪"无疑属于无产阶级的正当行为,会受到肯定;如果一个家庭养到十头以上,或者说,更多,那就危险了,过分的利益势必会受到无情的打击。那时候有一个诡异的词,叫"投机倒把"。"投机倒把"是一把纸枷锁,没有人敢招惹——那么,一个家庭养多少头猪是合适的呢?没有人可以量化,一量化就充满了游戏性——正经是游戏的——而游戏却又是正经的,荒谬的岁月通常都有这两个特征。

和"一对夫妇只生一个孩子"一样,一个家庭只养一头猪最保险、最安全了。农民不是数学家,但是,农民的实际行为表明,他们在数字面前从来都不缺乏政治智慧。在"零"面前,"一"代表了无穷大;而在无穷大面前,"一"又是最小的一个自然数。正如列宁在评价马雅可夫斯基的《开会迷》时所说的那样,只养"一"头猪,"在政治上是正确的"。

但究竟怎样养猪才算"正确",这里头依然有学问。和人一样,猪也有性别。和公猪比较起来,母猪有一个显著的特征——人家要发情的。母猪一发情,公猪紧接着就会做出致命的反应。这个不能怪人家,想想我们人类吧,有一句诗是怎么说的?衣带渐宽终不悔。我们的衣带宽是无所谓的,附带着还可以减肥。可是,猪不可以的。你想啊,猪的使命是什么?是长肉——动不动就要"抱抱",动不动就想"亲亲",白天不吃饭,夜晚来失眠,这怎么得了哦。

正确的做法是把母猪的卵巢"拿掉",我们乡下人把这个行为叫作"洗";另一个正确的做法是把公猪的睾丸"拿掉",我们叫作"煽"。卵巢和睾丸都"拿掉"了,这个世界绝对就是一个清朗的乾坤了。给公猪和母猪做手术是不用打麻药的,和做衣服也差不多,该剪的地方剪,该裁的地方裁,该缝的地方缝。这样一来好了,小公猪和小母猪没心没肺了,白天是好兄妹,夜里是好邻居。它们目不斜视,吃了睡,睡了吃,把我们喝咖啡的时间都用在了长肉上。

但是,最有头脑的人不这样养猪。他们目的明确,直接点明买一头小母猪,也不"洗"。到了小母猪发情的时候,他们花点钱,在规定的时间、规定的地点,把小母猪送到种猪的那边去。这样一来情况大不一样了,同样只养"一"头猪,你的猪圈里一下子就有十多头猪了。肉滚滚的小猪崽子都是钱哪。我发誓,没有一个人因为贩卖猪仔被判"投机倒把"。没有。母猪下崽是不是"正确"我不知道,但是,你不能说母猪下崽就是错误的。

乡下的孩子都有一个共同的特征,因为生活过于单调,我们都喜欢"看热闹"。什么是"热闹"呢?很简单,日常生活里不常见到的事情。村子里再小再小的小动静都瞒不过我们,我们统统要看。母猪下崽我们更要看。

母猪下崽一般都不在猪圈,在厨房。厨房里到底方便些,也没有围墙。如果气温太低的话,厨房也要比猪圈暖和得多。到了分娩的前沿,怀孕的母猪自己是有感觉的，它事先会用嘴巴叼过来一些稻草，铺匀了，然后，自己躺上去。

母猪下崽是一个漫长的过程，谁能想得到呢，一头母猪能生出十二三头小猪，多的时候有十七八头，最多的可以达到二十一头。这就消耗时间了。和所有胎生的动物一样，小猪也是脑袋最先出来，它们的眼睛紧闭着，鲜嫩的肉身热气腾腾。在小猪的脑袋出来之后，接生婆——大多是男人——会用手托住，等小猪的身体出现一半了，接生婆会用两只手握住小猪的身体，用力去拽。但是，这个"拽"很讲究，绝对不能用蛮，一用蛮不仅会伤害孩子，也会伤害母亲。正确的做法是用心地体会母猪在什么时候"使劲"——你能做的仅仅是"借力"，顺着母猪挤压的力量，把小猪"拽"出来。

小猪出生之后接生婆所做的最重要的一件事就是剪脐带，这个也很讲究的。你不能为了好看贴着小猪的身体去剪——留出来四五厘米最合适了，主要是方便打结。给脐带打上结，再把小猪擦干，你就可以把小猪送到母猪的怀里去了。

苏北少年"堂吉诃德"

现在我就要说一说母猪的"怀抱"了。母猪的"怀抱"里有些什么呢?当然是母猪的奶头。母猪的奶头通常有两排,俏皮一点说,很像时装上的"双排扣"。它们一对一对的。总共有多少对呢?不一样了。大部分母猪有五六对,七对的也有,最多的有八对。这么一说你就明白了,人们在挑选母猪的时候,长相是不要紧的,身材也是不要紧的,唯一的依据就是它奶头的数量。莫言曾经用"丰乳肥臀"来形容妇女的母性,这里的"丰",无疑是"丰满"的意思,着眼点是体量上的"大"。母猪的"丰"乳肥臀呢?指的则是数量上的"多"。希腊人说,性格即命运;我要说,乳房即命运——如果你有足够多的乳头,你就不再是肉,直接就是母亲。

但是,无论如何,对一窝猪崽来说,它们的数量一般都要大于乳房的数量。这样一来热闹了,所有的猪崽都要拥挤在母亲的怀抱里,不停地挤,不停地抢,不停地拱。我非常喜欢看小猪崽抢奶头,它们叼住奶头的时候,会把母亲的乳头拉得很长,然后,顶上去,狠劲拱一下,借助于压力,奶水就到嘴里去了。每一头小猪都是这样，每一次吮吸都是这样。母猪的怀抱热闹极了，喜气洋洋的，洋溢着节日般的景象，欢腾哪。

可是，长大了我才明白，母猪怀抱里的欢腾是一种假象，骨子里有它的残酷。丛林法则就是这样，优胜劣汰。胜，就是生，汰，就是死。既然猪仔的数量大于母猪乳房的数量，优胜劣汰就在所难免。

猪是人类的食物。在人类作为主宰的地球上，猪的命运就是这样。即便如此，在它生命的开头也有惨烈的竞争。胜者可以获得最后的一刀，输了，连一刀的机会都没有。

关于猪，我又能说什么呢？可作为一个爱吃猪肉的人，我一直都说不上来。

猪的死亡

母猪下崽是一种热闹，杀猪则更是一种热闹。要看，好看。

在我很小很小的时候，我就听到了这个说法，无论

苏北少年"堂吉诃德"

是牛还是猪,它们都知道自己的大限。它们有一种神秘的敏锐,感受到主人从天而降的温存——好端端的,主人突然对自己客气起来了,说话的腔调柔和了,然后呢,然后必然是一顿超乎想象的早饭,或者晚饭。那是它们这一辈子里唯一的、奢侈的、超乎想象的早饭,或者晚饭。

在它们面对这一生当中唯一的、奢侈的早饭或者晚饭的时候,有那么一部分,它们会选择绝食。它们不吃。它们会不停地打量它的主人,少部分甚至会流泪。它们冤哪,好端端的,这是为什么呢?

我最早的有关死亡的认识都是从家畜那里开始的,无论是杀猪还是宰牛,这些都是大事,孩子们提前会知道的。究竟是为什么呢?每当我知道了哪一头猪或哪一头牛即将被宰杀的时候,我会走过去,看它,一看就是好半天。老实说,我没有见过牛和猪流泪。但是,我始终可以从它们的神态里感受到一种无力回天的苍凉。我不会说我有多么悲痛,可我知道,我难受。

和天性里对死亡的恐惧比较起来,天性里的好奇更强势。这就是孩子总要比大人更加残忍的缘故。我们村是有杀猪匠的,他不下地,只管杀猪。一般来说,我总能提前得到杀猪的消息,得到消息之后,我会来到杀猪匠的家门口,一边玩,一边等。我看着他收拾家伙,然后,咣叮咣当地,他把家伙们放在一个竹筐里,再用一根扁担把竹篮架在后背上,上路。

杀猪匠抵达现场之后一般先喝茶,同时也吸纸烟。这个过程既是主人的礼貌,也是实际操作上的需要,主人家必须利用这样的空闲烧好开水。当然,还有一些具体的细节需要商量,比方说,"吃不吃"。这句话很含混,外人一般都听不懂——猪被放血之后嘴巴容易张开,样子很不好看,讲究的人家会在猪的尸体前放一些人的吃食,这就是所谓的"吃"。不讲究也没关系。在孩子们的眼里,这种"吃"是很好笑的。

一般的人家还是选择"吃"。想来主人对死去的猪还是有歉意的。如果往大处说,人,无论在何种境地底下,对生和死都有敬畏心,需要用特殊的、哪怕是可笑的举动把它表达出来。然而,到底是"生"让人敬畏呢

苏北少年"堂吉诃德"

还是"死"让人敬畏？这反而是一个问题了，我不知道。莎士比亚也不知道。莎士比亚在这个问题上选择了含糊其词，他仅仅把这个问题归结成"一个问题"。

残酷的，但也是热闹的场景终于来到了。人们齐心协力，把活着的猪从猪圈里抬出来了。屠夫来到猪的背后，猪在这个时候是有所警惕的——只要是动物，都会有一个共同的软肋，那就是背后。为什么人类对"背后动刀子"如此深恶痛绝，道理就在这里。谁不怕自己的背后呢？背后总是最不安全的，最有效的攻击一定都是从背后开始的。到了这样的时候，有尾巴的动物都会做出一个相同的动作，把自己的尾巴深深地夹到屁股沟里去。猪就是这么做的。所以，即使人类没有尾巴，我们中国人在自己的生命想象里也一直有一条尾巴。我们不停地告诫自己的后人：危险哪，"夹紧尾巴"呀，赶紧的。

猪的警惕却毫无意义。屠夫上去之后抓住猪的一条后腿，用力一拽，猪就倒下了。人们蜂拥而上，他们开始了捆绑。没见过杀猪的人也许是这么想的：用两条绳子,一条捆猪的两条前腿,一条捆猪的两条后腿。错。正确的方法不是这样。

正确的捆绑只用一条绳子,一条前腿搭一条后退。严格地说,左前腿搭右后腿,或者说,右前腿搭左后腿。

动物的挣扎都有一个结构性的特点,动用腰腹的力量。把两条前腿捆起来,再把两条后腿捆起来,丝毫也无法控制猪的腰腹,等于没捆。但是,一侧的前腿再搭上另一侧的后腿,腰腹的动态就限死在一个极其有限的范围里了。

接下来就是"点红"。"点红"这个词诡异极了,明明是白刀子进去红刀子出来,人们偏偏要说"点红"。农民有农民的诗意,准确地说,农民有农民的忌讳。忌讳是一个很别致的东西,一头连着血腥,一头连着修辞。这里头有语言无限的魅力,遮遮掩掩,躲躲藏藏,闪闪烁烁,欲说还羞。语言既是表述的,也是遮盖的;既是本真的,也是修饰的。

"点红"重要的工具是凳子和盆。人们把猪架在凳

苏北少年"堂吉诃德"

子上,头是低的,屁股是高的。头低臀高才能呈现"血往低处流"这样的原始态势。盆当然是用来盛血的。鲜血一进盆子就迅速地凝固了,猪的身体开始绵软,越来越接近肉的局面。

当然,最重要的工具是刀子,只能是刀子。杀猪刀一般有二十厘米那么长,三厘米那么宽,双刃。杀猪匠一般先要把刀口的部位擦干净,最不济也要用手掸几下,这可以最大限度地保证猪血的干净。然后,精确地、缓慢地把杀猪刀斜着送进猪的脖子,直至刀柄。刀出血出,哗啦一下。刀口是扁的,血也是扁的。

有一个汉语成语,说的是野蛮的生活,非常好,叫"茹毛饮血"。所以,文明有文明的标志,也可以说,文明有文明的硬道理,那就是绝不可以"茹毛"——给猪"脱毛"就成了一个文明的、重要的工序。如何"脱毛"呢?用开水烫。这就是为什么杀猪必须要烧开水的重要原因了。"死猪不怕开水烫"就是这么来的。其实呢,死猪是必须要用开水烫的。当然了,它不怕了。

但是,猪一死就软了,更何况猪的皮肤上还有许许多多的褶皱呢。这些都是"脱毛"的障碍。不过，人类在自身的文明面前所体现出来的智慧时常是残暴的。这是一个怪圈，一个悖谬——是谁发明的呢？给猪的尸体充气。一充气，猪的脑袋肿胀起来了，面如满月，四条腿撑得直直的，整个身躯就成了一个形状古怪的气球，共有六个部分，一个圆圆的脑袋，一个圆圆的身躯，外加四条圆圆的、柱状的腿。

给猪充气其实很困难。必须在猪的一只前爪上开一个口子，然后，把一条很长很长的铁棍子从口子里插进去，铁棍子在脂肪和皮肤之间四处游走，仿佛黄沙下面游走的蛇，我们在沙漠里见过这样的场景——你看不见蛇，你能看见的只是蛇的行走轨迹。铁棍子无孔不入，这一来"气眼"就打好了。有了"气眼"，屠夫就把嘴巴贴到口子上去了，用力吹。我想说，在杀猪的整个环节里，这是最动人的一个阶段，气在皮肤的下面爬行，猪越吹越大，越吹越圆，四条腿在气流的鼓动下慢慢地张开了，像献给天空最后的拥抱。

充满气，再一烫，脱毛就变得异样简单，用刮刀刮上几分钟就可以完成了。现在,无论是白猪还是黑猪,它们都白花花的。一头"猪"就这样以"肉"的面貌出现在我们的面前了。下面的事情将变得简单:解剖。这个解剖不是医学上的,没有任何临床意义,它真实的意义是分解:依照不同部位的不同价格把猪的身体区别开来。

到了这个阶段,有一件事情变得有趣了,那就是名词的替换。我不认为这是语言上的一个游戏。如果你认定了这是一个游戏,好吧,那就把这个游戏做完。

身躯:这时候叫"肉",一部分,两片;

脑袋:这时候叫"猪头",一部分,一只;

小腿:这时候叫"爪子",一部分,四只;

大腿:这时候叫"蹄膀",一部分,四只;

内脏:这时候叫"下水",六部分:1.胃和肺,一件,叫"肚肺";2.肾脏,一件,叫"腰子";3.大肠与小肠,一件,叫"肠圈";4.肝脏和胰脏,叫"猪肝";5.胸部脂肪,一件,叫"板油";6.腹部脂肪,叫"网油"。膀胱和生殖器忽略不计。

对了,有一样东西是不能忘的,那就是猪的尾巴。杀戮,或者说,杀生,是一件严酷的事。但是,严酷的事就是这样,人们通常会让它拖着一个俏皮的结尾。如果有谁买猪头了,屠夫会白送你一根猪尾巴。猪尾巴被屠夫放在猪嘴里,让猪自己衔着——猪活着的时候想干而没干成的事,它死了之后屠夫替它做到了。这是可爱的,喜庆的。一头奉献了慷慨,一头占得了便宜。

因为我们人类,猪从来就没有在这个世界上生活过,它的一生是梦幻的。它的死支零破碎。

马

说起来也真是,我第一次见到马已经是大学毕业之后了。我的故乡没有马,我在童年和少年与马没有任何接触。但是,这并不表明我和马真的就脱离了干系——马从来就没有离开过我,它一直在我的梦里,马的四只蹄子时刻驱动着我的想象,我的想象力始终拖着一条尾巴,它千丝万缕。

作为一个在乡下出生、在乡下成长的人,我要说,我对马的认识来自于红色电影。红色电影有一个基本逻辑,或者说,模式,我们是最终的胜利者,我们是永远的赢家。永远的赢家在胜利之前一定有一个户外的集体行为：同志们，冲啊——这时的军号是嘹亮的，那是冲锋号的节奏：哒哒嘀哒哒嘀哒——哒哒嘀哒哒嘀哒——

这里的"同志们"当然是那些年轻的、时刻有可能成为"先烈"的农民。莫言有一副对联描绘的就是这个场景："炮声隆隆为了改朝换代，尸横遍野都是农家子弟。"但是，有一种动物在这个时候是不能被遗忘的，那就是马。在我的记忆里，马从一开始就不是一个动物，它是"同志们"。它是革命者。它属于无产阶级。在向敌人冲锋陷阵的时候，它最勇敢、最坚定。还有一条就更重要了，它最美，因为它最快。它的身后有烟雾般的、如梦如幻的尾巴。马成功地对我进行了"寓教于乐"，我相信我从懂事的那一天起就是一个革命者了，我渴望着长大，渴望着成为"同志们"中的一个。但是，我有我的要求。我是虚荣的。我是爱美的。我要和我的马在一起。我要做骑兵。我需要马的速度和马的尾巴。

我曾经这样想过，在我消灭了"无数的"敌人之后，一排罪恶的子弹从我的胸前扫过去了。一共有五颗子弹。

苏北少年"堂吉诃德"

嘟嘟嘟嘟嘟,棉袄被洞穿了,五块棉絮翻了出来。我就这样从马的背部坠落了。因为是慢镜头,我在坠落的时候有点像落叶,也可以说,像雪花,即便如此,马的速度给了我巨大的惯性,我的身体被坚硬的大地反弹了一下。我的马已形单影只,它很失措,它在悲怆地嘶鸣。我的马在一大堆的遗骸当中找到了它的同志,也就是我。它潮湿的瞳孔望着我,它潮湿的鼻孔在我的脸喷出了吐噜,那是沉重的、破碎的叹息。

——在我的童年与少年时代,我一次又一次被这个惨烈的画面所感动,它是子虚乌有的,其实是电影桥段的翻版。但自己感动自己必定有它的强度,就在鸡窝和猪圈的旁边,我热泪盈眶。一次又一次,我热泪盈眶。

马总是特别的。男孩子做有关马的白日梦,似乎是人类想象的一个传统,要不然,"青梅竹马"是怎么一回事呢?在我还穿着开裆裤的时候,我的手上时常有一根竹竿,更多的时候,是一根树枝。它们就在我的裆部,我的自得其乐其实是苦中作乐的——竹马永远也不能给我高度,竹马永远也不能给我速度。对一个孩子来说,马是一种不可企及的神话。

我在少年时代有过一次灵魂出窍，那是我看了动画电影《大闹天宫》。《大闹天宫》是我们这一代男孩子的最爱——孙悟空终于做了"弼马温"了。然而，这个"弼马温"到底另类，他爱耍酷，他把顽劣的、草根的、摇滚的狂放带到了天上。他把马厩里的马还给了自由、还给了神。神马在云朵上狂奔，飘飘欲仙——没有暴土狼烟，没有红尘滚滚，没有飞沙走石，这是《大闹天宫》中最为迷人的一个桥段。被卡通的马更像马。它们斑斓、硕健、肥美，却身轻如燕。它们比彩霞还要绚烂。还有比"天马行空"更自在、更逍遥的么？没有了。在"天马行空"面前，"春风得意马蹄疾"是何等轻浮、何等市侩、何等不堪！

我很幸运，我终于在临近三十的时候见到真正的马了。我想说，我喜欢现实世界里的马。在现世面前，我又有了新的白日梦：我渴望亲手饲养一匹马，我希望我的每一天都能陪伴它。当然，这是不可能的。可正如海明威在《丧钟为谁而鸣》的结尾所说的那样——想想不也挺好的。

牛

在中国的北方，人们所说的"牛"大多是黄牛；而在中国的南方，"牛"则专指水牛。黄牛和水牛是不是远房的亲戚呢？我不知道，我只知道它们是不同的。黄牛，当然了，它是土黄色的，和北方的土壤几乎同色；水牛却可以分为黑白两种。黄牛是犁地的，在旱地里劳作；水牛却是耕田的，在水田里辛劳。这么一说我想我已经说明白了，水牛的块头要大一些，力气也要大一些。在水田里行走毕竟是一件更加消耗体能的事情，身大力不亏么。也许我还要补充一句，水牛的蹄子特别地开阔，这对它行走在水田里是有帮助的。想一想就知道了,"小姐"是不能下田的,她的"三寸金莲"怎么能站在水田里呢?一站就陷下去了。

水牛的学名叫拉摩牛,它的祖上不在中国,在印度。曲犁是唐朝人发明的,如果我猜得不错的话,拉摩牛来到"东土"应当是唐朝之后的事情了。谁能想到呢,它们在中国特殊了。

在新中国,牛特殊到什么地步呢?——它进入了我们的体制。牛和猪不一样,私人绝对不可以饲养,"一"头都不允许。牛属于"国家",它的身上带有公有制的属性。如果你想用毒药或者器物杀死一头牛,那你的麻烦就大了,你看到的将是"国家"和"主义"的霹雳手段。"文革"中间不少小说和戏剧说的就是这样的事情。

但你千万不要以为牛就真的了不起了。不是那么回事。和"贫下中农"一样,它们享有的仅仅是"政治地位",骨子里,它们是最苦的苦逼。

牛是农业时代的能源。它的价值完全取决于它的力气。如何判断一头牛力气的大小呢?很简单,看它的前肩。前肩越高,力气越大。谚语是这么总结的:"前肩高一寸,使牛不用棍;前肩低一掌,只听皮鞭响。"

我对牛的眼睛印象深刻。牛的眼睛很大,目光澄澈,特别地深。如果你愿意,牛可以和你对视很长的时间。我从小就知道牛是有感情的,所有愿意和人对视的动物都是有感情的。有一个词特别地不厚道:蠢笨如牛。这个太瞎说了。牛一点也不笨,和猪比较起来,它的内秀无与伦比。但牛在心智上有缺陷,它过于线性了,不会拐弯。所以,它拗,它犟,它就知道向前。就因为牛是这样一个性格特征,它被利用了,用来耕田。牛的性格可以确保每一道犁钩都是笔直的。性格就是命运,这句话落在牛的身上再合适不过了。

牛的那双水汪汪的大眼睛实在是迷人。它的眼睫非常长。牛的悲苦命运和它的眼睛有没有关系呢?有。我有一个发现,悲剧性时常和大眼睛有关。悲剧喜欢盯着那些大眼睛。大眼睛有一种无遮无拦和无奈无助的气息。眼睛大,眼珠子就大,泪珠子也大。我受不了清澈明亮的大眼睛,悲凉,冤屈,哀愁,凄美,偏偏还执拗。大眼睛始终让你揪心,就担心有什么不测。到最后你指定是什么忙也帮不上的。

在我的眼里,牛的眼睛和牛的身躯极不搭调。是林黛玉、崔莺莺投了焦大、鲁智深的胎。这怎么得了哦。

牛在骨子里优雅。黛玉一般优雅。优雅的生命大多不爱动,不会像猴子那样惹是生非和上蹿下跳。优雅的生命喜欢忍让。忍无可忍了,使性子了。优雅永远是吃亏的,忍也忍了,到底还是落不到好——牛挨了多少鞭子?可牛给人留下的印象好么?未必。它牛嘛。

它不该那样硕壮。它不该那样有耐力。它不该那样隐忍。

牛那么大,我那么小。在我和牛长时间对视的时候,我就是心疼它。

烂漫的四川人是这样调侃自己爱吃辣椒的:"辣椒不补,两头受苦。"我觉得牛就是这样,它"两头受苦",春一头,秋一头。农业和工业不一样,和信息产业更不一样,它是受制于天时的。在我的老家里下河地区,所谓的农业,说白了就是春秋两季。一个春忙,一个秋忙,就四个字,多么轻描淡写啊。可是,这四个字是何等艰辛!每一个农民都知道,每一头牛也知道。

农业有一个特点,它受制于"天时",到了那个时候你必须种,到了那个时候你也必须收,在"一种"与"一收"之间,那可是生死时速,弄砸了就只能是死亡游戏。所以,农民从来不说收,他们说"抢收"。种呢?当然是"抢种"。和谁抢?和时间抢。可时间是空的,虚的,你既不能扭时间的胳膊也不能搬时间的大腿,到头来你只能和自己的胳膊腿过不去。农业在骨子里很像战争。

农业离不开"天",可农业最离不开的依然是"地",让庄稼人吃足了苦头的也依然是地。我们不该忘了,在收和种之间,"麦地"和"稻田"的土地形态也要顺应着做出改变。麦子是长在地里的,是旱地,水稻则生长在田里,叫水田。这里头有一个必需的过程,把泥土重新"翻"一遍,正确的说法是这样的,叫"耕"。

耕地是重体力活,太费劲了,即使是一个粗壮的男人也没有力气完成它——我们的主人公,牛,它出场了。

在人与牛之间,有一样东西,叫犁。仔细看看"犁"这个字吧,上面是"利",下面是"牛"。如果说,文字的内部隐藏着语言与生活的关系,那么,伴随着"犁"这个汉字的出现,牛的命运就已经被确定了,它活着就是为了"耕"。

但耕是远远不够的,耕过的土地都是巨大的土块,坑坑洼洼的,这怎么种庄稼呢?耙子就被农民发明出来了。耙子像巨大的梳子,下面布满了铁钉。男人站上去了,他的体重提供了压力。当耙子被牛拉动的时候,耙子仿佛梳头一样把巨大的土块破解开来了。这就叫"耘"。《现代汉语词典》里对"耘"的解释是"除草",好吧,人家是"典",一切以字典为准。但是,在我的故乡,"耘土"的确是一道必需的工序,它比除草要费劲得多。

其实我想说的是这个:"一分耕耘一分收获"这句话是不公平的,这句话贪功了。我亲眼目睹的是这样一个事实,牛一分耕耘,人一分收获。我们不该把牛给遗忘了。

春天收麦、种稻,秋天收稻、种麦,每一年,我们

苏北少年"堂吉诃德"

的大地都要经历两次"耕耘"。"耕耘"其实仅仅是牛的两样"主业",实际上,每一头牛还有一些"副业",比方说,打场。拖石碾子也是牛的工作。这么说吧,经历过两次"战双抢",每一头牛就只剩下一个模样了:皮包骨头。

每一年的秋后牛都是惨不忍睹的,从前面看,它们的两只肩胛骨只有两种状况:要不血淋淋,一直没能愈合;要不就是两块比烧饼还要大的茧子——那是粗重的牛轭压磨出来的。从屁股的后头看过去呢?你一定能看见两只巨大而又高耸的胯骨，几乎闯出来了。二十出头的时候，我读《飘》，《飘》里头描写人的瘦削有这样的一句话："颧骨在面颊上快闯出来了。"我记得我读到这句话的时候走神了，我一下子就看到了牛的背影。那两块胯骨真的是太夸张了，都"闯"出来了。在贫穷的环境里长大的孩子就是这样，记忆里有数不清的骨头：有的躺下了，有的还支撑在那儿。

实际上，牛的屁股后头除了两只高耸的、巨大的胯骨之外，还有许多的伤痕，那是皮鞭的痕迹。没有牛不挨鞭子。道理很简单，它再牛，牛的体能有极限。在极限来临的时候，唯一的补给就是鞭子。在鞭子清脆地抽打之后，牛都要瞪大它清澈的眼睛，把脖子歪在一边，深深地勾下去。它在努力。它在努力。它鼻孔里的喘息比我的拳头还要大，比我的胳膊还要长。

有这样的画面我是不会忘怀的：一头牛在耕地，好好的，它的两条前腿一软，跪下去了，随后，整个身躯全部坍塌在了水田里。它当然不会死，一两个小时之后，它自己会站起来的。站起来之后呢？只能继续往前走。

到了田头,随着鼻孔里缰绳的一个扯拽,牛就回头了。牛是没有终点的,它的身前是前方,它的身后也依然是前方。

我会指责中国的农民残酷么?我不会。中国的农民就是牛。他们对自己并不比对牛温和。如果你一定要问我,中国的农民给我记忆最深的是什么,我会说,是他们在鞭打之下体能上的付出。他们在体能上的付出是令人震惊的。

我想这样说:"什么是中国?中国就是农民的体能;什么是中国的文明?中国农民的体能所透支的那个部分。"

羊

在我的老家那一带,羊很少。人们不怎么养羊。如果一定要说羊,我实在也说不出什么来。

有那么一天,大概是1975年,我十一岁。父亲一定是过于无聊了,他突然给我讲起了"对句"。"对句"也就是"对对子",旧学里的基本功。父亲是读私塾出身的,六七岁就开始练习这个了。我猜想那时的父亲对他的儿子失望透了,他十一岁的儿子在"国学"方面的知识储备还不如一个六七岁的孩子——他可是六岁就进了私塾的人哪。可这怎么能够怨我呢?我生于1964年,读小学一

苏北少年"堂吉诃德"

年级的时候是1970年,二十世纪七十年代的教育哪里还是教育?和饲养蛐蛐、饲养斗鸡也差不多。父亲是一个教师,眼看着自己的儿子成了一只蛐蛐、一只斗鸡,他的失望与沉痛是可想而知的。可他又能怎么办呢?全无办法。

父亲鬼鬼祟祟的,突然给我出了一道上联:风吹马尾千条线。

我当然不知道这个上联来自朱元璋,更没有能力给"风吹马尾千条线"奉献一道下联,但是,我对"对子"有了一些粗浅的认识,这倒是真的。就是在那个阶段,我知道了一件事,我们"兴化的秀才"很厉害,这是有传统的,父亲说。

一个外地来的武将来到兴化,他在河岸上看到两条船,来了一道上联:

　　双艇并进,橹速不及帆快

这个上联很绝妙,它巧妙地利用了谐音,暗地里的意思是文人不如武将,"鲁肃"不及"樊哙"嘛。"兴化的秀才"出场了,正好河的对岸有人在吹箫、吹笛子。"兴化的秀才"脱口说:

八度齐鸣,笛清怎比箫和

这个下联更绝,它同样利用了谐音,意思却是相反的,武将不如文人,"狄青"是比不上"萧何"的,父亲说。

一个"外地人"知道"兴化的秀才"厉害,他来到了兴化,在兴化的两座塔面前出了一道上联:

双塔耸耸,十层四面八方

这个上联有些阴险,十个字里头暗含了四个数字,双,十,四,八。依照对仗的要求,很不好办的。"兴化的秀才"同样出现了,"兴化的秀才"这一次丢人了。他没能对得上来,很惭愧,摇了摇手,走人了。"外地人"很自得，说："'兴化的秀才'不行嘛。"就在这个时候，一个"兴化的农民"站出来了。他平静地对"外地人"说："你太笨了，我们'兴化的秀才'已经给了你下联，你自己无知，不知道罢了。""外地人"说："他可是一个字也没有说啊。""兴化的农民"说："他说了。他对你摆摆手，那就是下联。"

　　孤掌摇摇，五指三长两短

　　下联里可是有四个数字的，孤，五，三，两。"外地人"一看到"兴化的农民"都这么有才华，都没有来得及说一声"失敬"就失禁了。屎在地上滚，尿在裆里流。

　　父亲给我讲了许多这样的故事，我大多记不得了。我想强调的是，给我讲这些故事的不只是父亲，也有真正的农民。这些故事给了我这样的印象，我们兴化人非常为自己的故乡自豪，我们兴化人有一种空穴来风的"地域自尊"，尤其在"文才"方面。这是匪夷所思的。

每到关键时刻,一定有一位文化英雄——"兴化的秀才"或"兴化的农民"——挺身而出,靠他的锦心绣口赢得文化上的优越。长大之后我当然知道了,那些美妙的、精彩绝伦的对联和"兴化的秀才"、"兴化的农民"没有任何关系,都是附会的。但是,这里头有一种文化上的寄托,有一种价值趋向,这个确凿无疑。的确,我们兴化人喜欢这一口。

但真正让我吃惊还是那些农民。这里的农民是现实世界里的老头子、老太婆,不是传说中的"兴化的农民"。他们中的一部分在"万恶的旧社会"受过很不错的旧式教育,在闲暇的时刻,他们偶然一露的"文才"实在让我震惊不已。我曾亲眼见过一位大妈为我大段大段地背诵《古文观止》,我发誓,我说的是真的。大妈的嘴里没有牙,满脸皱纹,看上去完全是一个目不识丁的文盲。是的,她不识字。可她在少女时代,在有钱人的家里做过"丫头","少爷"天天读,天天背,她只能天天听。这个天资聪颖的"丫头"出了幺蛾子了,她居然比"少爷"背得还要多、还要熟。你必须承认,天才是有的。你不知道他们在哪里,你不知道在什么时候会遇上他们。我想说的是,优雅的环境能使一个"丫头"满腹经纶,粗鄙的年代也能把一个天才折磨成没有门牙的大妈——父亲说:

有一个官员来到兴化,满嘴之乎者也。一个"兴化的农民"看不惯他的嚣张,决定刁难他。"兴化的农民"出了一道上联:

宝塔峰前三座塔,塔塔塔

官员很不屑,说:"这有何难?"他随口就给出了下联:

五台山上五层台,台台台

"兴化的农民"说:"我说的是'塔塔塔','三'座塔;你对的是'五'层台,'台台台'——还有两个'台'呢?"大官吓出了一身的冷汗,掉头就走。父亲说,这是"绝对",也叫"死对",它是战无不胜的,永远也没有下联。

　　我们兴化人热爱文化,这使得兴化人有些骄傲,有些逞才使气,有时候,也有些迂腐。这些都是不好的,我们兴化人应该学会反思。但是,兴化人对文化的热爱是诚实的,用心的,这是一个事实,也是实实在在的历史。2010年,一位北京的朋友来兴化,兴化的文化官员给她讲起了兴化的文学创作,她很好奇,问我:"兴化怎么出了那么多作家的呢?"她问这话的时候大约是晚上的九点钟。我说:"很简单,此时此刻,最起码有两百个兴化人趴在桌子上写作。"朋友很吃惊。但是,当天晚上我就受到了文化官员的批评:"两百个?你不了解情况,还瞎说——两千个都不止!"

　　还是回到"羊"上来吧。有一天,朱元璋外出打猎,他想考考他的长孙朱允炆,他出了一道上联:"风吹马尾千条线。"朱允炆是个老实孩子,他提供的下联潮湿而又孤寂:"雨打羊毛一片毡。"说实话,我见过的羊很少,但是,因为这个下联,羊在我的脑海里一直是晦气的、消极的、毫无生机的。朱元璋的四子,后来从自己侄儿手中抢得皇位的朱棣却给出了不同的对仗。朱棣雄心勃勃，很昂扬，他说："日照龙鳞万点金。"

父亲没有给我讲述大明王朝皇家家族内部的游戏。他只是说，前一个下联"没意思"，后一个下联"有派头"。我就此知道了两件事：一、任何一个下联都不是唯一的，它有无限的可能，下联怎么样，完全取决于谁去"对"，语言可以是一只羊，也可以是一条龙；二、文字是可以很有"派头"的，和人一个样。

当然了，以我对明史粗略的了解，我觉得朱家三代的文字游戏并不存在，那副对联是后来的"兴化秀才"或"凤阳秀才"杜撰出来的；朱棣的"班子"杜撰出来的也说不定——"班子"有"班子"的任务，它要在"派头"上确保主子的合法性。朱元璋的语风粗鄙不堪，流氓气极重，一个流氓可能对马的快慢感兴趣，可能对马的肥瘦感兴趣，也可能对公马与母马的关系感兴趣，但他不可能在意马尾在风中的姿态——鹰可以看见一公里之外的腐肉，却永远也看不见牡丹。

父亲曾告诉我，要小心每一个字，每一个字都是一个"仓库",从一个字出发,每个字都能把我们生活完整地联系起来。父亲说得不错,我对羊并没有太多的了解,但是,从"羊"这个字出发,它所涉及到的历史与文化的内容,一辈子也学不完,说不完。

第四章 手艺人

　　除了上学,我用在观看手艺人劳作上所消耗的时间大概是最多的了。如果赶巧是一个星期天,我能看一天。手艺人劳作有什么好看的呢?似乎也没有什么好看的。不过,有些话是需要反过来说的,不看手艺人干活,你又能看什么?你又有什么可看的呢?我看东西有一个特点,喜欢蹲着,就在当事人的对面。到了吃饭的时候怎么办呢?也好办,回家盛好饭,在碗边上堆一些菜,然后,端着饭碗,蹲下来,一边吃一边看——我很少在家里的饭桌上吃饭,每一次都是端着碗,边吃边晃悠。现在回忆起来我自己也觉得奇怪,我的父母亲怎么从来就不管我呢?是的,除非有人告状,我的父母几乎就没有管过我。我真的就是一只蜜蜂,家就是我的蜂窝,来也匆匆,去也匆匆。

　　乡村和城市最大的区别在哪里?在时间。

城里头的时间不够用,乡下的时间用不完。我为什么那么喜欢看手艺人劳作呢?最大的原因是我的时间用不完。可是,你不能说我一点收获也没有,我最大的收获就是学会了发问。许多人在发问这个问题上有些害羞,问不出口。可我在很小的时候就知道一个秘密,差不多所有的人都喜欢别人向他提问。他高兴的。孟子说,"人之大患在好为人师",我不知道"好为人师"是不是人的"大患",我就知道"好为人师"是人的本能,大部分人都好这一口。

我也玩小聪明的,这是我的"观看"不至于招人厌倦的重要原因。因为看得多了,我多少知道一些门道,我知道下一道工序手艺人需要什么工具。我会提前给他预备好。这里头有一种十分让人欣喜的默契。大人高兴,孩子也高兴。这有点像外科手术的手术台,主刀医生一摊巴掌,器械护士就把工具拍在他的掌心了,那是长期、严格训练的结果。

我和手艺人之间当然不存在长期、严格的训练,但是,人的内心自然有他的逻辑,除非他在做梦。当你通

苏北少年"堂吉诃德"

过你的眼睛,在你的内心建立起他人的逻辑的时候,这就可以称作"观察生活"了。所谓"了解生活"大概也就是这么一回事。"了解生活"不是从了解自己开始的,"了解生活"必须要从了解他人开始。可是,"他人"是一个浩瀚的、无边的世界,所以,生活极其复杂。谢天谢地,"我"只有一个,如果说,生活就是"我"和"他人"的关系,那么,站在"我"的角度,生活又是极其简单的。

我至今热爱劳动,也喜欢观看别人的劳动。观看别人劳动是一件非常沉闷的事,可我从不觉得这是浪费时间。"临渊羡鱼,不如退而结网",这句话原本是不错的。可是,对我来说,"退而结网"固然重要,"临渊羡鱼"也一样重要,不是吗?做一个"临渊羡鱼"的人吧,我保证你的内心会涌起数不清的浪花。

请让我告诉你一个秘密,对我来说,鱼我所欲也,浪花亦我所欲也。

我孤独的小眼睛一直盯着这个好看的世界。

"好看的世界",这个说法吸引人了。什么是"好看的"世界呢？我的回答会让你不愉快，"好看"其实也是"沉闷"——为了把这个问题说清楚，我还是来谈一谈阅读吧。

我在年轻的时候特别爱读小说，但是，许多作家，比方说，陀思妥耶夫斯基、托尔斯泰、狄更斯、哈代、福楼拜，我时常是"跳着"读他们的。所谓跳着读，不是我边跳边读，而是有选择地读。我只是沿着"故事"读，一旦和故事无关，比方说，场景描写、劳动描写，我就要"跳"过去。嗨，说过来说过去，许多经典小说我只读了一半。我相信许多人和我是一样的。我就是觉得那些场景描写和劳动描写过于沉闷了，那些作家愚蠢哪，他们为什么要不厌其烦地描写那些呢？我要是作家我就绝对不会那么干。

后来我真的做了作家了，我真的没那么干。然而，没过多久，我就有了一个热切的愿望，我希望我的小说是可信的。可信，这是一个问题么？是的，这是一个问题。我把我读过的那些小说翻出来，再读，这一读吓了我一大跳：小说的可信是通过人物的可信建立起来的，人物的可信又是通过人物的劳动建立起来的——这"劳动"和人物的职业、身份紧密相连。我知道了，那些"沉闷"的场景描写和"沉闷"的劳动描写不可或缺。伟大的作家从不愚蠢，伟大的作家是可以从容地面对那些"沉闷"的，因为生活就是这样。那个真正愚蠢的家伙是我自己。

我在"手艺人"里将分别介绍木匠、瓦匠、弹棉花的、锡匠、篾匠、皮匠和剃头匠。我估计这一章是沉闷的。没关系，你可以"跳过去"。如果你愿意，十年之后你再来读这一章。十年之后，2023年，我会在你的书房里头等你。不见不散。

木 匠

一棵树，高大，茂密，无数的鸟围绕着它，它最终却变成了堂屋里的一张八仙桌。这个魔术是谁变的呢？木匠。

一棵树倒下去了，天空一下子变了。突然多出来一大块蓝天，这让你措手不及。

倒下去的那棵树被它的主人砍去了枝丫，最后，只留下光秃秃的主干。这个主干被称作"材"，长大成材的"材"。如果它太细，太短，那就叫"不成材"。把"材"破开来，那就是"料"。所谓"材料"，所谓"是块材料",指的就是它了。但是,相对于"料"而言,在粗和长这两个硬性的指标之外,还有一个更加重要的硬指标,那就是直。想想吧,如果"材"是七拐八歪的,弯的,它能出多少"料"呢?很有限。农民的价值评判从来都是直接的,他们在一棵树的实用性上看到了人的成长——在长"大"之外,他还要求你长"直"。否则,你只是"材"而不是"料"。如果你直而长,你就可以做"梁",如果你又直又粗又长,你就可以做柱子,也就是"栋"。"栋梁之材"可是一个最高的评价,一般的人得不到的。

七十年代中国有一个乒乓球运动员,今年(2013)的大年初一刚刚去世,叫"庄则栋"。他的姓好,"庄",正的意思,名字更好,"则栋"。很符合逻辑——他的父亲是一位木匠么?

一棵树被砍成"材"依然是没用的。植物和动物不一样,动物说死就死了,植物不同,它的死需要一个漫长的过程。就说"材"吧,"材"依然有它剩余的生命,它在第二年的开春还可以长出新芽——这怎么可以呢?

一张桌子突然发芽了,或者说,一座房子突然长高了,那是要吓死人的。

所以,哲学家说:"枝叶茂繁的大树没有资格成为庙堂的栋梁。"这句话有隐喻的性质。栋梁不可以枝叶繁茂,那是有所暗示的——庙堂里的人不能有太多的欲望,不能贪,不能有过旺的念想,不能动不动就枝枝杈杈。你得修炼,无欲、无求,像真正的木头。

怎样才能让一棵大树"死掉"呢?正确的做法是把树干扔到水里,泡。泡上两年、三年,这时候,一棵树就真的断了凡心了,它就成真正的木头了。

然后呢,当然得把它从水里捞上来。因为泡得太久,过于潮湿了,锯子对付不了它。必要的手段是把它放在岸上晾,一年,也可以是两年——这时候就可以"出料"了。出料是一个力气活,用的是大锯。你得把树干像大炮一样架起来,师傅在上,徒弟在下。师傅拉,徒弟推;师傅推,徒弟拉,木材就成了雪片糕,一片一片分开了。当然,这只做成了一半,你还得把木材倒过来,在另一头锯。两头的锯缝一对接,一块木板就这样

苏北少年"堂吉诃德"

诞生了。你不必担心锯缝对接不上,"师傅"的精确性在任何时候都毋庸置疑。

这么一说三四年就过去了。想想也是,要成材,要做材料,没有耐心怎么行。

但是,"出料"之后的板材面临着一个潜在的威胁:变形或者开裂。所以,定型是要紧的。你得把板材捆好了,接着晾,一年,或者两年。如果省略了这个环节,悲剧将如期而至,好端端的木桶突然就能变成一把喷壶。

一棵高大的、茂密的树在我们的记忆里彻底消失了,生命远走高飞,留下了亲切的物质,它叫木头。我喜欢木头,我喜欢木头的香,我喜欢木头平整、光滑的手感,我喜欢木头自由的、不可预测的花纹。我甚至还喜欢木头的垃圾,锯木屑和刨花。

锯是木工的基础,也可以说,是基础的基础。它严格执行事先的丈量,锯是意志,锯是逻辑,锯是美好的规划和预设。在一把锯子面前,木头只能按照人的意念各行其是。锯的本质是分,分的目的是合。所谓木匠，其实就是让木头分分合合，最终呈现出人所渴望的样子。

如果说，锯是木头内在的语法，那我只能说，刨就是关于木头的修辞。刨提升了木头，它让木头变得平整、光洁——这只是表象。刨最大的意义就在于，它呈现了木头的本质和气韵。年轮，还有花纹，那是静态的波澜。每一块木头都是一棵树的日记和成长史，暗含了木头全部的秘密与隐私。相对于木头，刨子永远是一个伟大的传记作家，哗啦一下，又一下，一页，又一页。往事历历在目。曾经沧海。

我第一次拿起刨子的时候就能刨了。我喜欢刨这个动作，我喜欢看见刨花从我的刨子里翻滚而出，它的声音好听极了。一位老木匠看着我的动作，称赞说："这小伙将来能做木匠。"是的，我是一个木匠，一直都是，我把大地上一棵又一棵树"打"成了屋里的器物。因为老木匠的赞扬，我来劲了，我在平平整整的木板上刨出了一个坑。

我想我该说一说关键的一点了。无论是锯还是刨，那都是年轻木匠的事情,也可以说,是徒弟的事情。师傅一直坐着。他在凿。人们不太在意凿,我也是长大了之后才意识到凿的难度和含义的——凿什么呢?凿榫头。为了对接,榫头都是由两个部分构成的:一头公,凸出的那个部分;一头母,凹进去的那个部分。当所有的公榫头和所有的母榫头对接起来的时候,一件器物才算真的诞生了。器物结实不结实,器物牢靠不牢靠,只取决于一点,榫头是不是恰到好处。榫头的大小、深浅、曲直都是关键,它对木匠的手艺是一个直观的、残酷的考验。好的器物都有一个共同标志,所有的榫头,一公与一母,它们都匹配。是"天生"的一对和"地设"的一双,像有情人终成了眷属。是榫头就必然有缝隙,这缝隙因为彼此的般配,严实了,反过来又天衣无缝。

我不知道算不算跑题,我想在这里说一说箍桶。从大的方面来说,箍桶也属于木匠活,但是,因为分工的细化,箍桶匠其实已经从木匠当中脱离开来了,成了一门独立的手艺。

箍桶匠上门的时候事先都要带上两只金属箍,一大,一小。这个是可以理解的,桶大多呈梯形,下面小,上面大。所以,一大一小的两个箍就必不可少了。

桶是圆的。说起圆,就不能不说圆周和直径的关系——周长是直径的3.141592倍。我估计大部分木匠都不知道这个具体的数字。他们只是从师傅那里得到了一个"模糊概念":圆周是直径的3倍。知道这个并不难。

难在哪里呢?难就难在"好看"上。站立在桶底周边的木片必须等宽,简单地说,每一块木片都必须一样大,否则就太难看了——你如何让一样宽的木片连接起来之后正好等同于桶底的圆周呢?

没完呢。我已经说了,桶都是梯形的,所以说,周边的每一块木片也必须是梯形的,下面窄,上面宽。这一来更麻烦了,你不仅要保证桶的下底是一个小圆,还要保证桶的上底是一个大圆。

还没完呢。因为上下两个圆,每一片木片的两个侧面就必须是斜面。只有斜面的木片与木片才能够相互抵挡,相互挤压,产生出支撑的张力,要不然就全散了。

这个斜面的坡度是多少呢?

苏北少年"堂吉诃德"

在数学面前,我相信这些问题是简单的,都可以"数据化"。但问题是,这是生活。哪一个箍桶匠会在研究了数学之后再去箍桶呢?说笑话了。他们也没有能力、也没有必要"数据化"。他们依仗的都是他们的经验,说得高级一点,他们所能仰仗的只能是他们的"模糊判断"。这里刨去一点点,那里再刨去一点点,最后,所有的模糊加在一起,却得到了一个无比牢靠的、无比精确的、不可思议的结果。一只精美绝伦的木桶产生了。这不科学。这仅仅是事实。一个普通的木匠跳过了美妙和复杂的思维,用他胡萝卜一样粗糙的手指直接抵达了科学的彼岸。

在今天,每一个城市都活跃着众多的装修队,这里头有一个规律,装修队的"包工头"大多都是木工。一个能锯、会刨、敢凿的人,他们对付这个世界的能力都差不到哪里去。我还注意到这样一个现象,三十年前学木工的那帮年轻人,现在成"大款"的比较多。大款们多有钱了,但是"木匠"这门手艺已经死了。

瓦　匠

　　瓦匠也是手艺人，他们的运气比木匠差远了。他们在露天工作，他们必须面对日晒、雨淋和风吹，和种庄稼也没什么两样。

　　比较下来，我看瓦匠们干活比较少，主要是他们的工作没有多大的观赏性，也脏，还要爬高。但你千万不要以为瓦匠的这一头就没什么可说的，可说的东西多着呢，比方说，瓦匠们所砌的墙。

　　我从小就有一个能力，看一眼房子就知道房主的家境。你也许觉得这很容易：土基墙就穷，砖头墙就富呗，

苏北少年"堂吉诃德"

这个还要说么?你说得对。但是,如果我进一步追问,都是砖头墙,你还能看出来么?

砖头墙与砖头墙有很大的差异。最差的砖墙叫"单墙",砖头是躺着的,墙的厚度就是一块砖头的宽度。"单墙"的好处是节省,却不结实。事实上,只要是"单墙",房子的规模就有限了——"单墙"能承受多大的重量呢?在媒婆们说媒的时候,房子永远是一个重要的话题,它绕不过去的。房子象征着"男方"的价值,如果"男方"的房子是土基垒起来的,抱歉,媒婆一般就不上门了——你连买砖头的钱都拿不出来,你还娶什么老婆?笑话嘛。

"复墙"又可以分为两种,差一点的叫"鸽子窝",它是双层的。墙的厚度不再是砖头的宽度,而是砖头的长度。但是,砖头并不平躺,而是立起来的。沿着墙的厚度,外层一块砖头,里层一块砖头。俯视过去,墙的中间是空心的,像"口"字,形象一点说,鸽子在中间都可以做窝,所以叫"鸽子窝"。"鸽子窝"依然是简易墙,它透露出这样的信息——主人有能力买砖头,但不可铺张，必须例行节约。

真正的、理直气壮的瓦房选用的是"57墙"。"57墙"很厚，它的厚度等同于一块砖头的长度再加上一块砖头的厚度，需要郑重指出的是，砖头一律平躺。"57墙"实实在在。不难想象，因为砖头之间的参差关系，在一些局部，它的俯视效果很像阿拉伯数字的"5"，到了另一个局部，也像阿拉伯数字的"7"。"57墙"这个说法就是这么来的。它唯一的缺点就是太浪费。"57墙"在村子里并不常见，谁有那么多的钱买那么多的砖头呢？即使有，谁又会那么烧包呢？1975年，我们一家迁徙到了中堡镇，一到中堡我就发现了一个惊人的事实，政府机关的瓦房子全部是"57墙"。我很高兴，有"57墙"在，我们的政府可安全了。

如果房子比较讲究，墙砌好了之后有两道工序是必不可少的。第一，勾缝。这里的缝指的是砖头与砖头之间的缝隙，如果用水泥在缝里头勾一下，砖头与砖头之间的黏结将会得到进一步的巩固，墙的强度会加倍地增长。不过，在我看来，勾缝的作用可以使墙面更美，因

苏北少年"堂吉诃德"

为缝隙的凸显,砖头会呈现出一种参差的齐整,很漂亮的。不过,在六十年代和七十年代,整个中国都是暴躁的、气喘吁吁的。这种暴躁和气喘吁吁会使所有的东西都染上一种暴躁的、气喘吁吁的痕迹。墙是这样,墙的缝隙也是这样——对比一下老建筑,我们一眼就能看出来了,老建筑的墙缝甚至塞不进一只铜板,"文革"时期的墙面呢?能放进一只指头。更为糟糕的是,那些缝隙并不平整,它们歪歪扭扭,我对这种歪歪扭扭深恶痛绝。

为什么我要对这种歪歪扭扭深恶痛绝呢?1976年,我十二岁。那一年的中国发生了许许多多的大事。在中堡镇,十二岁的少年得到了一个光荣的使命,用绛红色的涂料书写大幅标语。是美术字。美术字最讲究横平竖直。因为字体太大了,比我的个头还大,我根本无法判断笔的走势,我站在脚手架上,一筹莫展。但我很快就得到了一个好办法——利用墙缝走笔。这一来果然容易了。我搭好字架子,然后,我的伙伴们往架子里填涂料。那是我这一辈子写过的最大的字。但是,很不幸,因为墙缝的关系,我的笔画有起伏,它使我的美术字打了很大的折扣——那些墙是靠不住的,即使是写标语都靠不住。

第二道工序在室内,那就是粉墙。和木工里的刨一样,粉的目的是为了让平面更平整。不同的是,刨是去掉凸出的部分,属于雕,粉则是用泥灰补平洼陷的部分,属于塑。我对粉过的墙面极度地热爱,它们平整,洁白,看上去特别地高级。我一看到平整光洁的墙面就想在上面写点什么,这和我的成长有关,我最早的书写就是用铁钉子在大地上完成的。把字写在墙上,这样的冲动一直留存在我的心里。

弹棉花的

木匠叫木匠，瓦匠叫瓦匠，鞋匠叫皮匠，所有的手艺人都叫"匠"，各就各位。到了弹棉花的这里，出幺蛾子了，他们一律被叫作"弹棉花的"。这很不好，在他们的那一头显得不那么郑重，在我们的这一头也不怎么顺口。汉语的口语有它的讲究，叫"双音化"，三个字会说成两个字，一个字也会说成两个字。举个例子，就说酒，"茅台酒"我们要省去一个字，叫"茅台"，"啤"则要把"酒"补上，反过来叫"啤酒"。"弹棉花的"该怎么"双音化"呢？弹匠，言不及义；棉匠，狗屁不通；花匠，已有他用。弹棉花的就这样成了"弹棉花的",一点办法也没有。

"弹棉花的"通常是两个人,一般都是夫妇。他们对棉被的称呼很奇怪。棉被有大小,有厚薄,我们不是叫"小被子"就是叫"厚被子",他们论斤。三斤被,五斤被,八斤被。后来我就弄明白了,他们这样说是为了收钱方便,三斤是三斤的价,八斤是八斤的码。

把棉花称好了,师傅们的第一道工序是摘棉籽。棉籽大约有一粒黄豆那么大——可以榨油的。和蓖麻籽一样,棉花籽的内部蕴藏着上好的工业和军事用油,擦枪或保护机械都能用得上。但是,那是一个过于贫穷的年代,芝麻油、花生油都是奢侈品,菜籽油几乎也吃不上。吃不上怎么办?用棉籽油替代。棉籽油对身体的伤害巨大,尤其是男性,农民是知道的。可知道了又怎么样?吃。我大老远的就能闻到正在燎锅的棉籽油味,它的气味怎么也不能和"吃"联系在一起。

剔除了棉籽,弹棉花的,我说的是那个男人,开始准备他的家当了。他首先要在腰间系上一条宽大的皮

苏北少年"堂吉诃德"

带，布带子也行——它的作用是固定一条长长的、弧形的竹片，竹片的一头卡在腰椎（我们叫作"腰眼"）上，另一头则高悬在头顶，弯弯的，用来吊住弹棉花的弓。这样一来弓的所有重量都落在腰上了，左手只是扶住弓，任意地挑选方向；右手则握住木槌，咚的一下，皮弦就响了。弹棉花的行头的确有些特别，看上去充满了喜感。

但棉花弓到底不是乐器，击打弓弦不是为了制造音响，而是为了提供震颤。在弓弦震颤的时候，它会不停地扯拽。就在这样的扯拽里，棉花的纤维就被它拉开了。所谓"弹棉花"，其实就是让棉花蓬松起来，蓬松起来的棉花隔温效果更好，暖和了。

弹棉花的节奏是这样的：笃、笃、笃、铛——第一声是闷的，是弦在"吃"棉花，弦把棉花"叼"在嘴里了；后面的两声同样很闷，那是真正的"弹"，弦在颤动，纤维越拉越长；第三声却有些悠扬，棉花的纤维被彻底扯开了，有点接近于空弦，悠扬是当然的。伴随着这样的节奏，棉花膨胀起来，一下子多出来许多棉花，是越来越多的好光景。

无论弹棉花多么接近于演奏，它终究是个脏活。这个脏体现在空气里。说到底，棉纺是一件重度污染的事——烟尘斗乱，纤尘在飞扬。用不了一个小时，人们的头发、眉毛和胡子就全白了。

这么脏的空气怎么对付呢？弹棉花的会戴上一只口罩。这就是所谓的劳动保护了。

我要好好说一说弹棉花的那只口罩。

从理论上说，既然是劳动保护，口罩就应当把嘴巴和鼻子都罩在里头，起到一个过滤空气的作用。但是，中国人有一个习惯，爱聊天，还有一个坏习惯，在工作的时候更喜欢聊天。因为口罩，聊天不方便了。怎样才能既戴上口罩又不影响聊天呢？绝大部分弹棉花的是这样做的——让口罩捂在下巴上。我看到过这样无聊的、滑稽的口罩，一次又一次。

一说起劳动保护我就难免生气，甚至愤怒。我们这个国家在劳动保护方面是极为儿戏的，为此，我们付出过无比沉痛的代价。不良的制度必须批判，不良的行政系统必须批判，这个毋庸置疑。

可是，话分两头。我们的劳动者自身有没有责任呢？我的回答是，有。

我们的文化里头有一个极大的弊端，轻慢我们的身体。在这样一个大的文化体系里头，劳动者过分地爱惜自己的身体是很不体面的。相反，敢于作践自己才是"真英雄"的最高写照。在我长大之后，我在许许多多的场合看到过这样的场景：把劳动保护看作一种摆设，甚至把劳动保护看作一个累赘。这是自欺欺人的。这样的自欺欺人让我生气。我们的劳动是不文明的劳动。我提倡文明劳动。

不文明劳动还体现在聊天上，我们的劳动者在劳动的过程中实在是太喜欢聊天了。说到底，还是我们的文化与体制过于压抑的缘故，人们早就失去了发言的渠道和能力。失去发言渠道和能力会导致畸形的补偿、畸形的代谢——闲聊。在我的认知范围内，中国人是最不能说话同时又是最能制造言语的人——我越来越能体会到刘震云兄的深刻与愤激：《一腔废话》《一地鸡毛》《一句顶一万句》。

还是回到弹棉花上来吧。

纤维被拉开了,一朵一朵的棉花汇成了一个整体,棉花终于变成棉絮了。但棉絮终究是散的,把它"网"起来就特别地重要。"网"棉絮是一道很好看的工序,"弹棉花的"会拿起一根竹竿,它的顶头有一个轱辘,上面缠满了细长的棉线。"弹棉花的"用左手捏住线头,右手一摆,轱辘哗啦一下就到女人的那一头了。女人接过线,一掐,线断了,轻轻地搭在棉絮上。"网"棉絮的线大多选用红色,因为它太细、太软,形成了许许多多的小方格,在雪白的棉絮上雾蒙蒙的,也很好看。

或许因为新弹的棉絮过于蓬松了,不好折叠,弹棉花最后的一道工序反而是压。碾子是木头的,一般是一块整木,像锅盖,也像切菜的墩子,很厚,被刨子刨出了光滑的弧线。每当我看见"弹棉花的"压得那样卖力气,我就要想,何苦呢,好不容易弹得这么松,现在又来压,真是不值当的。

不用说,新被子总是格外地舒服,干爽,暄和。无

苏北少年"堂吉诃德"

论取暖设备如何,在寒冬腊月,我想我们中国人都喜欢拱被窝,那么厚实,那么安全,那么暖和,真的很享受。可我却不能享受,在我的童年和少年,只要一用新被子我就尿床。嗨,这是怎么说的呢。唉——

187

锡　匠

我本来想写铜匠的,想过来想过去,还是决定写锡匠。我不知道铜匠和锡匠有没有严格的区别,老实说,我对这一行不是很有把握。我所知道的是,我所看到的世界一直都是一个以次充好的世界,童年是这样,少年是这样,今天还是这样。铜是黄的,重的,贵的,亮的,无比灿烂。可是,在我的童年与少年,我所见到的铜器大多暗淡无光——那是含锡量过高的缘故。锡便宜啊。因为这样的比例关系,我还是写锡匠比较靠谱。

锡匠很特殊,有点像吉卜赛人。他们居无定所,通

苏北少年"堂吉诃德"

常在船上。有时候,他们在我们村的码头上一停就是一两个月,有时候,他们一两年都不来一次。他们永远是神秘的客人,除了做生意,他们不上岸。他们是孤独的,为了对付自己的孤独,他们喜欢搭伴:两家,三家,四家,但不会更多了。他们没有自己的名字,他们的名字一律都是"锡匠"。

孩子们对器物生产的过程都有浓厚的兴趣,但锡器的生产过程我从来都没有见过,他们的船上只有成品。也许就是这个缘故,我对锡匠没兴趣,我从来没有上过他们的船。

他们上岸做生意的时候从不叫卖,他们把担子挑在肩膀上,担子上挂满了铲子和勺子。他们的步行动态特别有意思,很慢,一边走,一边扭。为什么要扭呢?是为了保证担子上的器物能够相互撞击。可以设想一下,如果担子上的器物都是铜的,它们的碰撞将会发出多么悦耳、多么悠扬的声音。事实却不是这样,担子上发出了以次充好的噪音,嘎嘎的,像一个嗓子难听的人在大声叫喊:"我来了。"

也有不扭的。不扭的锡匠手里头会有一根木棍，木棍的一端拴了四五张金属片，每步行十几米，他们的胳膊就要甩动一下，哒哒哒哒哒，既像是统一的"一声"，也像琐碎的"几声"，意思反正一样，告诉我们，他们来了。

在我的故乡，人们把嘴巴啰唆的人叫作"铜匠担子"——走到哪里他就响到哪里。

和锡匠打交道的一般是持家的中年妇女，家里的锅铲坏了，碗勺坏了，她们就会提着自己的旧物走到锡匠的面前，补上几个钱，以旧换新。

但锡匠们大宗的生意一般来自于行将结婚的年轻人。结婚被叫作"喜事"，"喜事"当然需要"喜气"去衬托，最好的衬托莫过于两种颜色：红，还有黄。它们给人温暖，给人希望，向上、蓬勃，"日照龙鳞万点金"。红色好办，新娘子的嫁衣就是红的，棉被也是红的，讲究的人家连马桶都是红的。黄色从哪里来呢？家具上的配件——铜铰链，铜把手，铜锁扣，铜包角。因为有了这些铜做点缀，"喜事"富丽堂皇了。无论如何，铜的颜色最接近金的颜色，有"金色"在那里撑着，底气一下子就上来了。

但是，我在乡下几乎没见过漂亮的配件。在"合金"这个意义上，铜和锡也许是配的，但是，落实到颜色，它们的组合很难看，甚至有些丑。那里头有一种勉强的气息，很吃力，想显摆，却力所不及。它想证明铜的身份，却永远是锡的出身。在我的眼里，铜与锡的组合最庸俗，有攀龙附凤的迹象，远不如纯锡的锡器来得镇定与稳当。

贫穷的时代只能是这样，在锡的生活里靠铜去充楞，就因为这个，铜匠和锡匠自己也把自己弄混了。我的童年早就过去了，我的少年也早就过去了，我至今依然分不清铜匠和锡匠。在中国，铜匠与锡匠身份的混淆也许还要继续下去。我们的历史就是这样：铜匠在大量地使用锡，锡匠则想方设法兑一点铜。

篾　匠

是五岁还是六岁？我得了肾盂肾炎。为了治病，我的父母把我送到了县城。我暂住在一位亲戚的家里。亲戚的家在城东，竹巷。"竹巷"这个地名至今还保留着。

竹巷里到处都是竹子。可你千万不要误解，是到处"都是"竹子，而不是到处"长满"了竹子。这里的竹子都是原料，因为两侧的住户基本上都是手工业者。不用猜了吧？他们都是篾匠。

兴化城里的竹桌、竹椅、竹凳、竹床、竹榻、竹席、筷子、毛刷、衣架、篮子、淘箩、热水瓶的外壳，

苏北少年"堂吉诃德"

绝大部分都来自这里。竹巷的路面用的是青石板,这一点非常重要。每当篾匠们需要材料的时候,他们会取过来一节又大又粗的竹子,一刀砍在竹子顶端的中央,然后,随着篾刀把竹子提起来,再往青石板上一撞,"咔嚓"就是一声巨响,是的,一声巨响,竹子就分成两半了。在我还没有学过"势如破竹"这个成语的时候,我就知道"势如破竹"是怎么一回事了——事情在开头就直接抵达了结尾。爽啊,办事的人牛啊!他们势大力沉。

少年时代的阅读为什么愉快呢?你体会过一件事,却说不出来,憋得慌吧?突然,一个现成的词语替你全说出来了,势如破竹,你的气一下子就通了,顺了。读书是最好的一种呼吸。

竹巷里的篾匠们成天和竹子打着交道,他们在竹子里讨生活,靠竹子养家口。有一件事情他们是不知道的,他们不知道"竹子"意味着什么,他们更不知道短短的、窄窄的竹巷里头曾发生过什么。

竹子这玩意儿可复杂了。可以毫不夸张地说,中国有多复杂,竹子就有多复杂。换句话说,只要把竹子搞明白了,你就把中国搞明白了。中国的文化说到底就是竹子的文化。

竹子有它的特征,第一个特征就是空。这个"空"被道家的文化选中了,成了道家文化的一个关键词。就拿我们高中课本里的《庖丁解牛》来说事吧,《庖丁解牛》说来说去只说了一件事:牛刀别去碰骨头。牛刀不碰骨头还能碰什么呢?碰"骨头缝",也就是"空"。一旦学会了钻"空"子,你就算掌握了规律,你就算"得道"了,所以说,"空"就是"道"。

都说道家文化潇洒,特别不看重利益,我一直不太信。我甚至觉得,在骨子里,它看重的恰恰是利益。为什么这么说呢?道家文化一直教导我们在最大限度里头保全自己,正像《庖丁解牛》所倡导的那样,一把刀,用了十九年了,还能和新的一样,很"养生"的。道家文化很"运筹":以最小的投资获取最大的利益,最好是空手套白狼——这是一种至高无上的"大境界",什么都不说,什么都别做,却什么都有了。这种"大境界"的确不是一般的人可以领略的。

苏北少年"堂吉诃德"

竹子的第二个特征有点像甘蔗,它有节。选中这个"节"的是我们的儒家。儒家和道家不一样的,它有些死心眼,它充满了英雄性和牺牲精神。它考究抉择,它逼着你回答——鱼和熊掌?你要哪个?——苟活和取义,你何去何从?儒家的回答简洁明了,充满了正义与理想恢弘的回响——不要鱼,不要活着!——要熊掌,要死!孟子说:"舍身而取义也!"这个"也"可不是"之乎者也"的"也",让你摇头晃脑的;这个"也"是剑胆琴心和壮士断腕,仿佛铁的血。

"玉可碎而不改其洁,竹可焚而不改其节。"这就是儒家的回答。

所以,不管你是道家的高人,还是儒家的猛士,不管你是一会儿出世、一会儿入世的"阿Q",也不管你是"儒道互补"的芸芸众生,作为一个中国人,你都会喜欢"竹子"。"竹子"和"梅、兰、松"一起,成了四君子。它们是特殊的、人格化了的、道德化了的、美学化了的、具有中国特色的植物。

儒和道,它们是一双竹子做成的筷子,成了每一个中国人必不可少的餐具。

竹子是雅的，中国人都这么看。雅是什么意思？正。竹子里头有每一个中国好人所渴望的正气。苏东坡说："无肉使人瘦，无竹使人俗，宁可食无肉，不可居无竹。"是的，林黛玉都那样了，不能喝酒，不能吃肉，但她必须居住在"潇湘馆"里头，直到吐完最后的一口血。

我说过，中国人是最喜欢说话的，但中国人又是最不能说话的。"含情欲说宫中事，鹦鹉前头不敢言。"——怎么办？——怎么办？唱。以"竹子颂"为主题的歌咏演唱会从远古一直唱到现在。

现在，我要给大家介绍一位摇滚乐队的主唱，他叫郑板桥，字燮。他的书法披头散发，他的画是他手里的一把"破木吉他"。他唱了一辈子的"竹子颂"："千磨万难还坚韧，任尔东西南北风。"他是江苏兴化人。他的故居在兴化县县城的城东，竹巷，这里生活过一代又一代的篾匠。必须的。

皮 匠

有时候你可以望文生义，有时候你又不能望文生义。对皮匠你就不能。皮匠其实是鞋匠。

村子里不可能有鞋匠，皮匠永远也别想做我们乡下人的生意。乡下的媳妇们谁还不会纳鞋底、上鞋子呢？个个会。我们乡下的女孩子在八九岁的时候就开始"拿针"了——在母亲的指导下，或者在奶奶、外婆的指导之下，或者谁也不指导，她们一边玩、一边"拿"，到了恋爱的前夕，她们在针线上已经是一把好手了。乡下的女孩子谈恋爱是有标志的，她们不和小伙子谈，却和小伙子的鞋底谈。她们把小伙子的鞋底带在身上，一旦得到闲暇，立即就掏出来。这是很缠绵、很古典、很感人的恋爱方式，在我的眼里，它比地铁里的接吻要浪漫得多。我喜欢静的恋爱，别闹，好好爱。

我钟爱"拿针"这个词。"拿"，那么大的一个动作，"针"偏偏又这么小，组合得很奇妙。"拿针"还有一个美好的动态我不得不说，因为针有些涩，为了让它更加流畅地运行起来，女人总喜欢用针尖去抹自己的头皮，它实际的意义是上油。这个动作是下意识的，可慢，可快，还得侧过脑袋去配合针，伸出长长的脖子。我喜欢女人的这个动作，回过头来看，真的性感。美不胜收。

可纳鞋底可不是一般的"拿针"。先说针。因为鞋底很硬，纳鞋底的针就比普通的针要长得多、粗得多。又长又粗的针其实是扎不进鞋底的，"针箍"就被发明出来了。针箍像戒指，不过，要宽许多，上面有密密麻麻的坑。针箍一般都戴在中指的第二个关节上，用针箍的坑把针头稳住，往上一顶，针尖就从鞋底的另一面冒出来了，汩汩的。冒出来之后你还得把针拔出来吧？这个很费劲了。聪明的做法是用牙，用牙齿咬住针的腰部，往外面使劲。这个动作我也喜欢，像野生的食肉动物在吃肉，得撕，却干干净净，一点也不血淋淋的。我一直说，恋爱是靠牙齿来谈的，其中就包括这个动作。

借助于针箍发力当然也有危险，有时候针会断。针一断就难免会扎到女人的肉里去。这是很疼的。但乡下的女人在疼痛面前从来不叫。在上了年纪的乡下女人看来，大呼小叫的丫头不好，存在着嫁不出去的危险性。所以，大声尖叫是城市女性的专利，乡下女人绝不这么干。她们的选择是忍，把腰弓起来，把指头放在嘴里，忍。然后就"没事"了。其实也没人问她们是"有事"还是"没事"。

一个女孩子是不是聪明，看一看鞋底就知道了。主要看针脚的间距。打一个比方，纳鞋底就如同去书法班练习楷书，无论你的字写得如何，字与字的间距必须考究，这就是"章法"。最好像仪仗队的方阵，横、竖、斜都是直线。手艺好的女孩子就是这样，她们纳出来的鞋底像仪仗队的方阵，每一针、每一线都各就各位。

从难度上说，纳鞋底不过是一个体力活，难度最大的其实是"绱鞋"。"绱"这个字几乎没用了，许多人一辈子也写不到它。唉，传统手艺在死，一些文字也只能跟着殉葬，这是一点办法也没有的事情。"绱"是什么意思呢？把鞋帮子缝到鞋底上去。为什么说绱鞋是一件很难的事情呢？看一看我们的脚吧，猛一看没什么，只要你花上一个小时，盯着它，看，我保证，你越看越觉得它古怪——它为什么要长成这样呢？那么多不可思议的弧线衔接在一起。鞋底是这样，鞋帮子撑开来之后也必须是这样，不容易吧？不容易的。

我们乡下女人在和生人见面的时候喜欢朝下看，城里人以为是害羞，当然，可能有害羞的成分。不过更多的意思是看鞋。我们乡下女人的眼睛是很毒的，瞄一眼你的鞋就知道你讨了一个什么样的老婆了——你的老婆几斤几两，你这个男人差不多就是几斤几两。嘴上没说，心里有数得很呢。

乡下人把鞋的模样叫作"鞋样子"，裁剪叫"放"，如果"鞋样子"没"放"好，或者说，绱鞋的手艺不到

苏北少年"堂吉诃德"

家,鞋面上就会有许多褶皱。只有最好的巧手才能保证一双鞋上了脚之后鞋帮子上的每一个局部都平平整整。可能是1973年,我的母亲从县城里给我买回来一双"松紧口",上脚之后漂亮极了,简直就是包在脚上,特别显眼。一个女人看见了,不停地夸我母亲的手艺。她赞我的母亲"巧"。我的母亲不会"拿针",她无功受禄,和被人挖苦了也没什么两样,羞得满面通红。我为我的母亲难受了好长时间。后来只要有人夸奖我的鞋,我马上就会说,是买的——我很小就懂得一个道理了,说实话是挽回体面最好的一个办法。"陈老师"识字,会做四则混合运算,能唱歌,会跳舞,有时候也会说普通话,不会"拿针"其实也不算什么。

可我的心底还是有遗憾的,我亲爱的、万能的母亲要是能够纳鞋底、绱鞋子那该多好啊。

——可是,可是可是,我不喜欢鞋匠。

我不喜欢女人打铁,我不喜欢女人摇橹,我不喜欢女人剃头,我不喜欢女人挑粪。我相信不会有人认为我有性别歧视,我真的没有性歧视。可我见过打铁的、摇橹的、剃头的、挑粪的女人，或者说，姑娘，那样的场景让我有一种无法言说的难受。尤其是看着姑娘们挑粪，那会让我心碎。我说不出理由，我就是觉得女孩子不该那样，生活不应该是那个样子。

基于同样的感受，我不喜欢男人"拿针"。

很不幸，做皮匠的绝大部分是男人。我不喜欢皮匠，在视觉上就不喜欢。

我第一次见到皮匠是在中堡镇，只看了一眼我就纠结了。我其实是喜欢皮匠店的，店里有一面墙镜，就在墙镜的面前，放了好几排十分有趣的东西，鞋楦。鞋楦都是木头做的，可以分为三个部分：前脚掌、脚后跟、中间的加塞。就因为那面镜子，鞋楦的实物和鞋楦的镜像组合在一起了，这里头有一种美不胜收的好光景。我时常在那里流连，我喜欢眼前的静物。它们的静态高度地生活化，可是，和生活又没有什么关系。没有一只脚是木头的，没有一只脚会分成三个部分。

我很在意鞋楦的那些加塞，它们是最普通的几块木头，呈楔子状——奇迹就在这里，在加塞的一添一减之间，无论大小，每一双脚都能得到自己的鞋子。这是了不起的。它是谁发明的呢？天下有多少双脚啊，那是一个天文数字——可是，由于加塞的排列与组合，"一生二，二生三，三生万物"，这个雄伟壮阔的局面出现了。我要承认，以我当时的年纪，这样的话我说不出来，意思却是懂的。我想，这就是在最底层长大的好处，我很高兴我来自于生活的最底层。对一个小说家来说，最底层得天独厚，它可以让你看到生活的源头，无论你面对怎样的花花世界，你都不会花眼。

可我为什么纠结呢？我不喜欢皮匠。皮匠是男人。

看看皮匠是如何"拿针"的吧。他们指头上没有针箍，为了工作的效率，他们直接用锥子在鞋底上扎一个洞，然后，把针与线从洞里头引过去。我愿意承认用锥子是一个更好的办法，可是，那是多么"糙"的一个举动啊。它失去了情感色彩，它只是工序，没心没肺。它和"心上人"没有一点关系——它不像"心上人"在抚慰伤口，它更像赤脚医生在处理伤口。

我同样不喜欢男人给针上油，当一个男人把手里的针送到脑袋上的时候，男人的脑袋油汪汪的，很脏。因为长年累月的缘故，许多皮匠都有一个特征，右耳的正上方有一个地方没有头发，像一块长长的刀疤。

对了，我还不喜欢皮匠的嘴。因为皮匠需要坐着干活，他们一天到晚都只能待在原地，这是很无聊的。补偿的办法是不停地说话，主要是和女人说话。一个男人一年到头无休无止地和女人说话，这能有什么好呢？其结果就是皮匠的嘴巴和他手里的锥子一样快。大部分皮匠都有些贫嘴，甚至油嘴滑舌。油嘴滑舌很容易造成了一种假象：聪明。"三个臭皮匠，赛过诸葛亮"，这个荒谬的结论就是这么来的。我永远也不会藐视皮匠，但是，"三个臭皮匠"就能"赛过诸葛亮"，打死我我也不信——无论是本义还是引申义，我都不信。当然了，你要说舌战群儒的诸葛亮的"口才"对付不了三个皮匠，这个我信。

剃头匠

在所有的匠人中间,剃头匠是最特殊的,这个结论大概不会有错。一般说来,匠人的工作对象是"物",剃头匠却不同,他们的劳动对象是"人"。从这个意义上说,剃头匠是离官员最近的一个工种。我在一本书里读到过——在中国,人不是人,是工作,是让官员们去"做"的一种"工作"。

说剃头匠是离官员最近的一个工种,这句话也许游戏了。但既然游戏已经开始了,为什么不把游戏做足呢?我还想说,剃头店也许是和 TV 最相似的一个地方。

来剃头店的人当然是来剃头的,可我始终有一个错觉,剃头实在是一个附带的行为,真正的目的是为了"爆料",也就是发布消息。只要一踏进剃头店的大门,他们就已经是"通讯员"或者"线人"了。他们会带来最新发生的"事情"。剃头匠是理性的,冷静的,客观的,他们一边为你剃头,一边向你发问:——When?——Where?——Why?——Who?——How?"要素"齐全了,"事情"还能是什么呢?它插上了翅膀,做好了振翅的全部准备。

下一个顾客来临的时候,剃头匠依然是理性的,冷静的,客观的。反过来了,他开始向顾客发问,第一个问题是这样的:"你知道了吧?"不知道。不知道就好办了,"本报讯"或"本台消息"就开始了。因为剃头店无法提供并还原画面,剃头匠的"播送"就有了许多无法回避的插入语:"据说"、"有人说"、"人们说"、"据知情者透露"、"有人认为"……这些插入语非常好,既提供了客观性又回避了责任。

我说"播送"其实是不准确的,剃头匠不是"播音员",他们怎么甘心做一个普普通通的播音员呢?因为职业的缘故,他们晓通历史,他们掌握了大量的背景材料,他们从事的工作一下子就上升到"新闻评论"的高度了。他们的评论具有极强的时效性,夹叙,夹议,有历史的纵深,有宏观的展望。最主要的特征是隔岸观火。他们有他们职业性的语气,这语气就是暗示。

剃头匠在说话的时候总是欲说还休的,事实上又是欲罢不能的。这里头有恶性的导向和恶性的能量。在恶性的、事先的导向面前,恶性的能量蓬勃起来了,它的半径以几何级数迅速地扩张了。用不了半天的时间,还能够再一次传播回来。传播回来的消息格外地有价值,它验证了剃头匠的说法。一切都坐实了。"事实证明",他们的话是对的。

剃头店里头的"新闻评论"还有一个语言上的特点,所有的语句都没有主语。主语,或者说,事件的当事人,被隐去了。在不得不用的时候,主语出现了。这个主语极度地怪异,是"你"。怎么会是"你"的呢?就是"你"。很模糊,却格外地清晰。清晰到什么地步呢?所有人都知道"你"是谁。"你"啊,你!让我说"你"什么好呢。

(从理论上说,"你"是可以当作小说的叙述人称的,但是,我不愿意这么干,一次都没有。在我的底层生活里,"你"在很多时候都充当着下流的叙述人称。理性告诉我,"你"是无辜的,可"你"又是肮脏的。很脏。)

消息进来了,消息出去了。消息又进来了,消息又出去了。就这样,消息在"滚播",没完没了。

但是,这个没完没了也有它的期限,一天。每天都有新消息,昨天的消息怎么还能再一次"播出"呢,那是很丢人的。庸俗的生活之所以叫作庸俗的生活,那是因为庸俗的生活里头永远也不可能拥有深邃。庸俗是规避记忆的。

下面我要说一件不幸的事情了。

缘于剃头店的特殊性,它难免会招来骂街。骂街不是吵架,它只有心理上的对象,却没有语言上的对象。它骂的是"街",是"巷子",是"道路",所以叫"骂街"。骂街的一般是女人,无缘无故地,突然,一个女

苏北少年"堂吉诃德"

人来到剃头店的门口叫嚣了。骂街有它的特点，所选用的人称依然是"你"："你"个千刀剐的——"你"个挨机枪的——"你"个淹死鬼——"你"个马桶里捞上来的。好吧，反正都是诅咒，它伴随着失控的情绪，当然还有失控的肢体——谁还没见过妇女骂街呢？当强势的性格和弱者的地位聚集在同一个女人的身上时，骂街不可避免。每个人的内心都有"公道"诉求，在没有"公道"的时候，大街只能是一个虚拟的法庭。想想也是，被"新闻评论"时常曝光的那个"你"，除了在大街上反过来骂"你"，还能有别的选择么？

当然了，骂街有一个铁律，或者说，潜规则，不会有一个脑子正常的人去接。俗话说得好，"有捡钱包的，哪有捡骂街的"。即使是当事人，那个真正的"你"，也不会把手上的剪刀放下来，出去"捡骂"。

但我所说的不幸的事情不是女人骂街，而是男人骂街。

即便是出于"公道"诉求，我依然认为男人骂街是不可饶恕的恶行。我要说出我的体会：男人骂街实在是太丑陋、太猥琐了。男人可以打架，男人可以骂人，男人可以暴怒，但男人不能骂街。一个男人，无论他多么高大，无论他多么得体，无论他具有怎样的身份，我只要见过他骂街，我一辈子都不想再看见他。

骂街的那个男人是个剃头匠，在女人骂完了之后，他终于出来了。他一手拿着剪刀，一手拿着梳子，闭着眼，站在剃头店的门口，脚尖一踮一踮的。他开始了他的狂喷。喷出来的内容如同腹泻，如同酒后的呕吐，污浊不堪，秽气冲天。

十多年前，我在南京拒绝过一个男人的握手。我是做得出来的。我见过他骂街，俗不可耐。他可比剃头匠"有身份"多了。

第五章 大　地

在村庄的四周，是大地。某种程度上说，村庄只是海上的一座孤岛。我把大地比喻成海的平面是有依据的，在我的老家，唯一的地貌就是平原，那种广阔的、无垠的、平整的平原。这是横平竖直的平原，每一块土地都一样高，没有洼陷，没有隆起的地方，没有石头。你的视线永远也没有阻隔，如果你看不到更远的地方了，那只能说，你的肉眼到了极限。这句话也可以这样说，你的每一次放眼都可以抵达极限。极限在哪里？在天上。天高，地迥；天圆，地方。

我想我很小就了解了什么是大。大是迷人的，却折磨人。这个大不是沙漠的大，也不是瀚海的大，沙漠和瀚海的大只不过是你需要跨过的距离。平原的大却不一样了，它是你劳作的对象。每一尺、每一寸都要经过你的手。"在苍茫的大地上"——每一棵麦苗都是手播的——每一棵麦苗都是手割的——每一棵水稻都是手插的——每一棵水稻都是手割的。这是何等的艰辛,何等的艰辛。不能想,是的,不能想的。有些事情你可以干一辈子,但不能想,一想就会胆怯,甚至于不寒而栗。农业文明时代,为什么统治者的基本策略都是愚民?有道理的——只有愚民才能使农业文明有效地延续下去。农业文明是不能允许农民有"个体"、有"思想"的,不能。一旦有,大地就会摇晃。所以,农业的根本出路在于机械化和电气化,而摆脱农业文明的根本却不在"机械化"和"电器化",而在不再愚民。

（有一年的大年初一,下午,家里就剩下了我和我的父亲。我们在喝茶、吸烟、闲聊,其乐融融。我的父亲突然问我,如果把"现在的你"送回到"那个时代",让你在村子里做农民,你会怎么办?我想了很长时间,最后说:"我想我会死在我的壮年。"

父亲不再说话,整整一个下午,他不再说话。我说的是我的真实感受,但是,我冒失了,我忘记了说话的对象是父亲。我经常犯这样的错。父亲是"那个时代"活下来的人，我的回答无疑戳到了他的疼处。我还是要说，父亲"活下来"了，这是一个多么了不起的壮举。他老人家经常做噩梦，他在梦里大声地呼叫。我能做的事情就是把他老人家叫醒，赶紧的。我相信，每一次醒来他都如释重负。他老人家一定很享受大梦初醒的轻松和快慰。）

庄稼人在艰辛地劳作，他们的劳作不停地改变大地上的色彩。最为壮观的一种颜色是鹅黄——那是新秧苗的颜色。我为什么要说新秧苗的鹅黄是"最壮观"的呢？这是由秧苗的"性质"决定的。秧苗和任何一种庄稼都不一样，它要经过你的手，"一棵一棵"地、"一棵一棵"地、"一棵一棵"地插下去。在天空与大地之间，无边无垠的鹅黄意味着什么？意味着大地上密密麻麻的，全是庄稼人的指纹。

鹅黄其实是明媚的，甚至是娇嫩的。因为辽阔，因为来自"手工"，它壮观了。我想告诉所有的画家，在我的老家，鹅黄实在是悲壮的。

我估计庄稼人是不会像画家那样注重色彩的，但是，也未必。"青黄不接"这个词一定是农民创造出来的。从这个意义上说，这个世界上最注重色彩的依然是庄稼人。一青一黄，一枯一荣，大地在缓慢地、急遽地做色彩的演变。庄稼人的悲欢骨子里就是两种颜色的疯狂轮转：青和黄。

青黄是庄稼的颜色、庄稼的逻辑，说到底也是大地的颜色、大地的逻辑。是逻辑就不能出错，是逻辑就难免出错。在我伫立在田埂上的时候，我哪里能懂这些？我的瞳孔里头永远都是汪洋：鹅黄的汪洋——淡绿的汪洋——翠绿的汪洋——乌青的汪洋——青紫的汪洋——斑驳的汪洋——淡黄的汪洋——金光灿灿的汪洋。它们浩瀚，壮烈，同时也死气沉沉。我性格当中的孤独倾向也许就是在一片汪洋的岸边留下的，对一个孩子来说，对一个永无休止的旁观者来说，外部的浓烈必将变成内心的寂寥。

大地是色彩，也是声音。这声音很奇怪——你不能听，你一听它就没了，你不听它又来了。泥土在开裂，庄稼在抽穗，流水在浇灌，这些都是声音，像呢喃，像交头接耳，鬼鬼祟祟又坦坦荡荡，它们是枕边的耳语。

苏北少年"堂吉诃德"

麦浪和水稻的汹涌则是另一种音调,无数的、细碎的摩擦,叶对叶,芒对芒,秆对秆。无数的、细碎的摩擦汇聚起来了,波谷在流淌,从天的这一头一直滚到天的那一头,是啸聚。声音真的不算大,但是,架不住它的厚实与不绝,它成巨响的尾音,不绝如缕。尾音是尾音之后的尾音,恢宏是恢宏中间的恢宏。

还有气味。作为乡下人,我喜欢乡下人莫言。他的鼻子是一个天才。我喜欢莫言所有的关于气味的描述,每一次看到莫言的气味描写,我就知道了,我的鼻子是空的,有两个洞,从我的书房一直闻到莫言的书房,从我的故乡一直闻到莫言的故乡。

福楼拜在《包法利夫人》里说过:"大自然充满诗意的感染,往往靠作家给我们。"这句话说得好。不管是大自然还是大地,它的诗意和感染力是作家提供出来的。无论是作为一个读者还是作为一个作者,我都要感谢福楼拜的谦卑和骄傲。

大地在那儿,还在那儿,一直在那儿,永远在那儿。这是泪流满面的事实。

麦　地

在我的老家那一带，麦地有它的秘密，那就是墒沟。

麦地的秘密来自于麦苗的秘密。麦苗需要水，它离不开水。可麦苗也怕水，尤其在麦苗抽穗之后。抽穗之后，土壤里的水过多，会导致麦苗的病灾与虫害，严重的时候甚至可以让麦苗的根须腐烂。

这里就需要补充说明一下我们老家的气候了。我的老家兴化地处长江以北、淮河以南，这里的气候属于"亚热带季风性湿润气候"。湿润是一个不坏的东西，水多嘛。但湿润也有湿润的麻烦，在麦子的成熟阶段，我的老家雨水远远超出了麦子的需要。

不要以为地里头长庄稼是一个"纯天然"的事情，不是。任何一个植物的种类，只要它以"庄稼"的名义生长在大地上，它们的生命里就一定包含着庄稼人惊天的大智慧。

就说我的老家，我的老家并不是麦子天堂，尤其是小麦。想想吧，麦子成熟了，季风却送来了过量的雨水。你能让老天爷不下雨么？不能。娘嫁人的时候老天爷都可以下雨，麦子抽穗了它就不下雨了？

在农业的内部，一定包含着庄稼人与上天的对话。农业是人与上天对话的结果，农民习惯于妥协，因为农业就是农民对上天的妥协。这妥协是伟大的，它的内部蕴含着农民旺盛的存在欲望，它呈现出来的是勃发的能动性。

在气候面前，我们老家的农民做出了正确的反应——在麦地里挖沟。这个沟就叫"墒沟"。墒，《现代汉语词典》是这么解释的：土壤适合种子发芽和作物生长的湿度。不要小看了田垄与田垄之间的那条小沟，它们可不是让你在飞机上看风景的，就因为它们，土壤的湿度"合适"了，尤其在多雨的时候。

　　水有极强的渗透性。因为墒沟的存在，土壤的"墒"就可以自行调配了：雨太多，好，多出来的水渗进墒沟，淌出去了；天太旱了，反过来，沿着墒沟灌溉，水自己就能"滋"进麦地。庄稼人对土性和水性都是了解的，和了解亲人的脾性也差不多。都是顺毛驴，得顺着，哄着。它是要惯的。

　　在大地所有的形态里，我最喜欢的要数麦地。麦子的生长有一个特点，它隔年，冬天播种，第二年的夏天收割。必须承认，在春节之前，麦地没什么可看的。那时的麦苗还没有长起来，它们稀稀疏疏，在寒风里瑟瑟发抖。它们渴望的是一场雪，最好是大雪。腊月里什么最冷？雪？不是，是峭厉的、尖叫的风。一场大雪来了，它是厚实的、新弹的棉被。棉被挡住了风，麦苗正好在被窝里头蒙头冬眠。第二年的开春，用了一个冬天的棉被自行融化了，一边融化，一边灌溉。"落红不是无情物，化作春泥更护花。"冬雪就是那个白色的"落红"，今天化一点，灌一点，明天再化一点，再灌一点。什么叫"细水长流"？什么叫"润物细无声"？这才是。对冬麦来说，积雪的消融永远是一个极为慈祥的行为。"瑞雪兆丰年"这句话可不是白说的。"丰年"不敢说，如果真的有一场"瑞雪"，麦子基本上可以得到一个像样的收成，这个绝对没有什么问题。

开春之后也可能下大雪。我的儿子望着摩天大楼四周的雪花，学着农民的样子，说："'瑞雪兆丰年'哪。"唉，小东西可爱得很呢。可是他不懂啊。说腊月里的积雪暖和，那是相对于冬天的风，到了春风里头，雪花却太冷了。麦苗正要返青，哪里经得起这样的冻？还有一点也很重要，春雪对躲在泥土里窝冬的害虫是一个好消息，它们得到了积雪的保护，繁殖能力将变得惊人——春雪之年通常伴随着虫灾，原因就在这里。所以，倒春寒的雪不再是"瑞雪"，它们带来的也不可能是"丰年"。

麦子的返青是动人的。如果你亲眼看见过麦子返青，你一定会懂得什么叫"春意盎然"。盎然啊，盎然。大地突然变了，充满了正面的能量，像凌晨的小鸡鸡，勃勃的，土地仿佛要裂开来。麦苗们依然悄无声息——植物的生长又不是放鞭炮，哪能一下子就蹦到天上去。可是，你可以看到一种"势"，叫"长势"。势如破竹的"势"，势大力沉的"势"。喜人了。叶子乌青乌青的，那是营养良好的征候，它们的腰杆子挺了起来，像起跑线上肌肉颤动的健将，都"各就各位"了，就差一声枪响。

我们不该忘记，春天不只是麦子返青，还有万物的复苏。一切生命的迹象都在麦地里呈现出来了，甚至杂草，甚至飞鸟。"春意"是立体的，全方位的。青紫色的河水暖和了，开始有气味，那是从河床的深处拱出来的，带着淤泥腐朽的气息。大地的上空有了鸟鸣，它们在求偶，它们的鸣叫急切而又嘹亮。最迷人的当然是大地上的气味。在这里我要说一件不可思议的事情，许多没有气味的东西夹杂在一起，气味就出现了。阳光没有气味，土地没有气味，河水没有气味，麦苗没有气味。可是，阳光、河水、泥土和麦苗组合在一起，它们的气味诱人了。这气味是如此浩大，至今保留在我的记忆里。

最后我还想做一点补充。水稻是南方大地的儿子，

苏北少年"堂吉诃德"

麦子则是南方大地俏丽的儿媳妇。不把墒沟挖好了人家是不肯来的。人家是嫁过来的。因为宠爱,麦子成了我们南方大地上最骄傲的新娘。她嚣张啊,她有恃无恐。看看她的模样吧,浑身都是芒,闪闪的。那是人家应有的气焰,那是人家当然的风华。麦。大麦。小麦。圆麦。还有荞麦。喊喊她们吧,多好听的名字啊。

稻　田

　　麦地的风景在阳光下面，稻田的美妙则取决于月光。

　　月亮起来了。月亮下的世界是黑白的世界，像老电影。因为水稻，大地成了泽国，白花花的，到处都是月亮的反光，也可以说，到处都是水的反光。没有色彩，每一块稻田的中央都有一颗月亮。

　　在夏天，我们经常要到其他村庄观看露天电影，我们必须穿越水稻田。电影散场了，为了回家，我们还得再一次穿越水稻田。在水稻田的田埂上行夜路可不是说着玩的，它需要童子功，如果你不是光着脚丫子长大的，

苏北少年"堂吉诃德"

你寸步难行,你一步都迈不出去。

为了让土地的效益发挥到最大,田埂的宽度也许都不到四十厘米,有些地方甚至只有二十厘米。在大部分时候,田埂是潮湿的,甚至是泥泞的。它很滑。但是,我们的十个脚指头可不吃素,它们很有力气。它们可以牢牢地"抓住"地面。在我成为一个"城里人"的时候,所有的人都惊讶于我身体的平衡能力和灵活程度。嗨,这有什么。我们还专门选择下雨天到田埂上赛跑呢,乡下长大的孩子哪一个不是动物。动物,知道吗?动物。

稻田静悄悄的,在没有月亮的夜晚,满天都是星星。我说"稻田静悄悄的"只是一个视觉上的说法,实际上,稻田一点也不寂静,它的真实情况有点像福克纳的一个书名,《喧哗与骚动》。谁在喧哗?谁在骚动?青蛙呗。

大家都知道的,辛弃疾说过:"稻花香里说丰年,听取蛙声一片。"这两句好,我喜欢。作为一个诗人,辛弃疾极为克制,"七八颗星天外,两三点雨山前",扳着指头过家家呢,多散淡啊。可是,闻着稻花的芬芳,一说到丰收,我们的诗人失控了。蛙声四起。它们是夏夜的烟火，黑白的烟火，华美，张扬，铺天盖地。

诗是完美的。如果让我来写，我也会把蛙声和稻花香组合在一块儿，它们是散发性的，有利于诗歌的"起势"。但是，在常识面前，我需要确保最后的那么一点冷静：最纷繁的蛙声可不在"稻花香"的那会儿，要早。"稻花"都"香"了，青蛙已不再年轻，老东西都矜持。

蛙声最为来劲的是水稻抽穗之前的那段日子，近乎恐怖。整个村子都被蛙声包围了，仿佛很远，其实很近。你可以说它在天边，你也可以说它就在枕前，一抓就是一大把。我一直想找到一个合适的词来描绘浩荡的蛙声，想过来想过去，我只能佩服一个人，那就是辛弃疾，他太有才了：他说蛙声是"一片"的。是的，一片，平平整整的，铺满了夜的大地。一点缝隙都没有留下来。

但是，在视觉上，稻田依然静。夏夜无风，水面上没有一丝一毫的波澜。流星滑过，在稻田里留下长长的倒影，这是稻田仅有的动静了。

这寂静依然是假的。骨子里完全不是这样。稻田里的一号主角是青蛙,这个没有异议。二号呢?二号必定是蛇。这是大自然的铁律:肉在哪里,食肉者就在哪里。大自然的铁律是这样的:既生瑜,必生亮。"青蛙要命蛇要饱",这是我们老家的一句谚语。青蛙要命,对的,蛇要饱,也对。这就是发生在水稻田里血腥的、自然的事情。

"听取蛙声一片"早就暗示了青蛙的数量。但物种就是这样,不可能让你过于嚣张。大自然不是你的,是大伙儿的。青蛙的数量下面必然是蛇的数量,那是寒流的涌动。

如果你细心、耐心,你一定能在水稻田的水面上发现一些异样。那是蛇的头。我们从《动物世界》里已经知道了,蛇的身体只是一个貌似柔软的、骨子里坚硬的发射器,它要发射的是它的嘴巴。它的嘴巴可以张到130度。换句话说,一旦张开,上颚和下颚几乎就是平行的。10,9,8,7,6,5,4,3,2,1——你还没有来得及看见青蛙,青蛙的身体已经看不见了,你能看到的只是两条健美的腿,它们在蛇的嘴边绷得直直的,脚掌也张开了。蛇的眼睛却在微笑,一副知足常乐的模样。

我想说,在所有的吃相里头,牛的吃相最优雅,贵气。牛喜欢慢嚼,细咽,即使饿疯了,它也不失它的体面。双唇是紧闭的,下颚在缓慢地蠕动,有固定的节奏,仿佛身后有一个家庭小乐队,是四重奏。吃完了,牛喜欢缓缓地反刍,从来不打饱嗝。仅从吃相上看,你会误以为牛在列席皇家的宴会,正享用四方贡品。其实呢,咳,是草。

而蛇的吃相最狰狞。光是进嘴这个环节就已经很吓人了,更吓人的却还在后头,那就是它的吞咽。蛇的吞咽总是全力以赴的,是不达目的誓不罢休的架势。它能调动起身上的每一块肌肉。它多贪婪啊,"人心不足蛇吞象"。是的,蛇总是能吃比它的身躯粗大好几倍的东西,一点都不剩。这也是奇迹。有两句话最能说明这个世界的血腥:"吃人不吐骨头"、"杀人不见血"。蛇把这两条都占齐了。

但乡下的孩子却不怕蛇,有时候还把蛇提起来,当玩具。乡下人有一个说法,只要把蛇提在手上,慢慢地抖，它的骨头就会被你抖散。实际上，这个行为毫无意义。无论你抖多久，一旦放下来，它也就是打一个愣，随后就拧着麻花跑走了。

乡下的孩子也是不该怕蛇的，水稻田里到处都是蛇，要是怕，你怎么下田呢？不过，话也不能说得太满，我还是怕过一次蛇的。就在某一年的夏天，是一个傍晚，我来到了一条干涸的水渠的旁边，水渠里全是蛇，满满的，整个水渠都蠕动起来了。有人说，那是蛇在开会，也有人说，那是蛇在游行。我至今也不能理解为什么会发生这样的事。它们多得数不过来，一个个痛苦极了，不停地翻拱，挤压，黏滋滋的，闹哄哄地。它们缠作一团，都打结了。想起来我的头皮都会发麻。

但是，秋天一到，水稻收割起来了，所有的青蛙都一起失踪了，所有的蛇也一起失踪了——它们到哪里去了呢？我不愿意接受"冬眠"这么一个无聊的说法。我更愿意相信，这是水稻田里一年一度的谜。这个谜很有趣，也无趣，在秋后，它们自己是谜面，到了第二年的开春，它们再一次变成了谜底。

既然说到了水稻田,有一个东西就不能不提,那就是黄鳝。水稻田里有数不清的青蛙、蛇,也有数不清的黄鳝。秋收之后,大地还是泥泞的,孩子们往往会提着铲锹,来到光秃秃的稻田里。他们要寻找的是稻田里的洞口,只有铜钱那么大。一个洞等于一条黄鳝,当然,也可能等于一条蛇。这完全看运气了。挖黄鳝并不容易,黄鳝又不是树,哪能直挺挺地栽在泥土里呢。黄鳝的洞是拐弯的,如果你不镇定,手太忙,脚太乱,洞口的脉络完全有可能被你自己赌上。一旦赌上了,那条黄鳝就会钻到地球的那一端,它就去了"美国"啦。

在爷爷还活着的时候,他每年的秋收之后都要去耕田,秋后耕田一定会带回来一样东西,黄鳝。奶奶始终是偏心的,如果只有一条,这个黄鳝一定归我——晚饭烧好了,炉膛里的灰烬通红通红的。奶奶提起黄鳝,也不洗,一把扔进了炉膛。整个屋子马上就香了,香啊,丧心病狂的香。用不了多大的工夫,奶奶就会用烧火钳把黄鳝夹出来。这时的黄鳝张大了嘴巴,身躯盘着,像一盘蚊香。凉一会儿,我就会拿过"蚊香",在门槛上

苏北少年"堂吉诃德"

敲几下，然后，用手撕，热气腾腾。最后，鱼头、黄鳝长长的骨架、内脏都会留在地上，猫的盛宴开始了。猫的吃相我也不喜欢，它总是把食物叼起来，迅速地撤退，等到了安全的角落，它才肯动口。明明是风平浪静，却也要如临大敌，很不好。对了，黄鳝头的两侧分别有一块小小的腮帮肉，要抠下来，送到嘴里去。这个不能忘记。

最后，请允许我清理一下我的情绪，我要郑重其事，推出一样东西：风车。稻田和风车的关系是眼睛和眉毛的关系，一旦失去眉毛，眼睛将变得莫名其妙。

农业文明阶段最伟大的发明是什么？是风车。这是我评选出来的。"风能源"是多么高端、多么现代的一个话题啊，但是，它是古老的，甚至是原始的。我不知道第一个齿轮是谁做出来的，他是无名的牛顿、无名的爱因斯坦、无名的爱迪生或无名的霍金。他解决了一个多么巨大的难题啊——能量的转换和能量的输送。

看看风车吧：风在风帆上做圆周运动，通过齿轮，变成了车轴的自身滚动，再通过齿轮，变成了槽桶的水平运动。就因为这两套齿轮,"水往低处流"不再是铁律,河水像鳗鱼一样,白花花的,游上了稻田。波浪从来没有创造出来的奇迹,人类的想象力一下子就创造出来了。

我喜欢齿轮。多年以前,我在香港机场第一次看到透明的钟表,我站在它的面前,傻子一样盯着它看,差一点误了我的班机。所谓钟表,其实就是齿轮,无数个透明的齿轮在钟表的内部转动,它们像大大小小的太阳。不看不知道,时间真奇妙。在某一个刹那,我差点被自己吓住了,我想我不该偷窥宇宙的秘密。

我在香港机场走神了。我看到了风景,那是故乡的稻田,田埂上有数不清的风车。竖着的、躺着的、斜着的齿轮在飞转,它们转动的目的只有一个,赶紧转过去,把空间挪出来,留给下面的那一个。

我愿意相信发明钟表的那个人在风车的面前伫立过很久。他看到了能量诡异的转换,就在一个齿轮和一个齿轮之间,他终于把时间固定在机械的配件上了。秒针拨动了分针,分针拨动了时针。我们不该忘记那个叫

苏北少年"堂吉诃德"

"秒"的瞬间,这是一个根本就不存在的东西,它是假定,是真实的谎言。就那么咔嚓一下,时间,这个最玄妙、最空洞的东西,居然成了我们的听觉,居然成了我们的视觉。我们都信了。只有这一次,谎言是真实的。不只是真实,它还抵达了绝对真理的高度,并成为我们全人类的依据和共识。无论如何,这是人类对宇宙的贡献,是人类在宇宙中迈出的最瑰丽的一步。

回到稻田。就在我的童年时代,也许是少年,我时常伫立在风车的前面,风刮在我的脸上,河水在往上爬,一步一个脚印。现实在我的智力以外,我是懵懂的,而我的心却欣欣向荣。

棉花地

我想先说"花",在这一章里,"花"这个概念无比地重要。

棉花的"花"是粉色的,花谢了之后开始结果。棉花的果子很像桃子,所以,棉花的果子也叫棉桃。棉桃的水分极为充足,很硬。在棉桃还处在果肉状态的时候,棉桃可以吃。有些甜,却远远说不上好吃。

棉花的叶子大概是所有叶子里最有趣的了。在它的背面,也就是梗子上头,有一个红色的小点子。这个小点子分成上下两个部分,像嘴唇。我们就把这个红色的部

苏北少年"堂吉诃德"

分叫作"棉叶的嘴"——只要用指甲掐一掐,"嘴"里就会流出红色的液汁,像出血。实在闲得无聊了,我们会躲在棉花地里,一张一张掐棉叶的嘴。在我的童年与少年,因为过于贫穷的缘故,嘴,这个吃货,始终带有负面的含义,它是贬义的。我对嘴有了全新的认识已经是青春期了——这个你一定懂的。

棉花一旦成熟,它的棉桃就会张开来,这时的棉花其实已经死了。死了的棉花最好不要碰它,得让它继续留在地里,给太阳晒。在这里我必须说一句,棉桃内部那个开放的、白色的东西不是"花",是果实。太阳一晒,果实纤维化了;纤维一干,就变得蓬松、雪白,我们通常把这个不是"花"的东西叫作棉花。

棉花的一生是落寞的,几乎没有人去关心它。我们关心麦子——可以吃上新面;我们关心水稻——可以吃上新米。每年的秋收之前,如果我们过于调皮,做出了一些危险的事情,大人们总要这样告诫我们:"不要和新米过不去啊。"意思很明确的,要死也要先吃一顿新米。

棉花和棉花地有什么好说的呢?似乎也没什么好说

233

的。可事实上,乡下长大的孩子说得最多的恰恰是棉花——拾棉花几乎是一件不费体力的活计,把三个指头撮合在一处,再轻轻地一拽,棉花就这么给"拾"起来了。壮劳力哪里能干这个?太屈料了。那就让孩子们去吧。这一去麻烦了,最笨的同学也能知道结果,回来之后要写作文的,《拾棉花》。

不用说,这样的作文千篇一律,除了让人厌倦,没有任何意义。我曾经做过一件无聊的事情,把全班同学的作文本拿过来,一篇一篇地看。这一看笑死我了,所有的作文都是以回家作为结尾的,包括我自己在内:"我们高高兴兴地回家去了""我们唱着歌儿回家去了""我们蹦蹦跳跳地回家去了""我们手拉着手回家去了"——拾棉花不是别的,就是为了回家。

突然想起来了,我在这里还想说一说第一人称单数,"我"。这个词是危险的。在我们练习作文的时候,我们只用"我们",决不轻易使用"我"——什么时候使用"我"呢?写检讨书、做口头检查的时候,一旦你使用了"我们",老师一定会当即打断你的话,告诉你:"检讨你

苏北少年"堂吉诃德"

自己,说'我',不要'我们''我们'的。"

长此以往,和"嘴"一样,"我"这个字在我的记忆里同样含有贬义的成分,它狭隘、自私、卑怯、寡不敌众,还经常和"错误"联系在一起。"我"时刻孤立着,急需一个"们",换句话说,正如老师们所说的那样,"一个人"要把自己"放到集体里去",这才有力量,这才能长久。

语言是文化,语言是历史,没错的。不用说别的,仅仅考察一下"我"与"我们"的微妙关系,我们也可以轻易地得出一个结论:"文革"的文化是拉帮结派的文化,它是反个人的,反自我的。它极度地不安,自卑,懦弱。每一个"我"都是一滴水,离不开"汪洋大海"一般的"我们"。"我"一旦离开了"我们",必然是灭顶之灾。在"文革"期间,"我"是恐怖的,即使是拾完了棉花,回家去,你也必须以"我们"的姿态高高兴兴地,或者说,蹦蹦跳跳地"回家"。

我和我的老师都没有发现一个常识错误:"我们"其实是没法回家的,回家的只能是"我"。

自留地

大地是国家的,每一寸土地都是国家的。国家要求农民"以粮为纲",种麦子,种水稻,种玉米,种一切可以被称作粮食——可以吃——的东西。

问题来了。庄稼人要吃粮食。庄稼人在吃粮食的同时也要吃青菜、吃菠菜、吃白菜、吃韭菜。庄稼人在做菜的时候也要作料,放辣椒、放蒜头、放大葱。乡下没有农贸市场,乡下严禁实物买卖。那些"粮食"之外的东西从哪里来呢?

放在今天,这个问题近乎无厘头。问一个农民青菜和蒜头从哪里来，简直就是找抽。

然而，在我的童年和少年，这些都是实实在在的问题。

"自留地"就是在这个实实在在的问题面前出现的。"自留地"是一个土地概念，其实，它更是一个政治概念。为了杜绝人剥削人，经过"成千上万革命先烈抛头颅、洒热血"，土地不再私有，它属于"人民"了。"属于人民"含有这样的两层意义：一、土地属于所有的人，二、土地不属于任何人。其实是一层意思。

土地属于人民了，也带来了一个小小的问题，除了粮食，你什么也吃不上，你连一只辣椒都吃不上。

所以，为了保证农民可以吃上蔬菜和辣椒，国家规定，每家每户（依照人口）可以得到三分或五分左右的土地，就在你家的门前，也可以在你家的屋后。这就是自留地。在自留地上，你拥有自主权，不必"以粮为纲"。你种什么都合法，不会被"处理"。

"为什么我的眼里常含着泪水，因为我对这片土地爱得深沉。"这是艾青的名句，温家宝都引用过。我厌恶轻薄，可我还是想说，艾青描绘的可能不是他自己，而是一个农民，一个站在自留地上的农民。

一个人到底爱不爱土地？这句话是不可以随便作答的。随随便便回答这个问题一定会显得可笑——我们不能忽视一个前提，那就是土地的归属。为了说明问题，我只能打一个极不恰当的比方，土地和"我"的土地，其实就是女人和"我"的女人。

我见过农民莳弄自留地，那种小心翼翼和全神贯注是罕见的。农民站在自留地上的时候最容易流露出所谓的"农民气"，他的勤快，他的耐劳，他的细致，他的自私，他的褊狭，他的短见，他的胆小，他对"一亩三分地"的一往情深，都是一览无余的。没有一个农民不爱自己的自留地——这和土地又有什么关系呢？自留地联系着他的"日子"，要想让自己的"日子"过下去，过得稍稍地好一些，他怎么能让自己的自留地放任自流？不能。

一个在北京搞装潢的贵州农民是不可能热爱江苏的土地的。很简单，那块土地和他的日子没有关系。

所有的自留地都有一个共同的特征，它有栅栏。每

苏北少年"堂吉诃德"

一寸自留地都被栅栏护得严严实实的。看一眼栅栏你就知道了,农民们胆战心惊。自留地在他们的眼里就是鸟,只要不把它关在笼子里,它一定会飞走的。是栅栏让自留地变得插翅难飞。

我要承认,我是调皮的,说顽劣也不为过。我的父母很伤脑筋,他们的尊严受到挑战了,隔三差五,不停地有人上门告状:你们家儿子"这个"了——你们家儿子"那个"了。即便如此,我要说,我是懂事的。无论我在大地上怎样撒野、胡闹,我从来都不会爬到栅栏的内部去。我不会踩踏自留地里的任何一棵植物,哪怕一片叶子。这是底线,用当时的一个术语,叫"高压线",你碰不得。你果真碰到了,最柔和的乡亲也会为此翻脸。说到底,我其实也是不敢的。

为什么农民的眼里看不到泪水?因为他们的自留地只有三分。

荒　地

　　我说过,我的老家是苏北的兴化,从地质历史上说,这里曾经靠海,是黄海的滩涂。随着地质历史的变迁,我的老家成了沼泽地。是一代又一代的兴化人用他们的双手把我的故乡变成了"熟田"。荒地变成熟田,说起来是多么轻巧,可这里头有十几代、几十代人的血汗。

　　即便如此,在我的老家,大地上依然有少许的荒滩。它们是盐碱地。庄稼人在行政命令的压力下改造过它们,没用。最终只能放弃,一直都抛在那儿。关于荒地,我觉得"抛"这个词特别有意思,就好像荒地是一个臭鸡蛋，一直在口袋里，一"抛"，炸了，蛋黄和蛋清都洒了一地。

在秋冬，从远处望过去，盐碱地白花花的，那不是积雪，是盐。到了春夏，尤其在盛夏，盐碱地一片葱郁。千万不要以为盐碱地就是不毛之地，不是。盐碱地不长庄稼，却是某些植物的福地，比方说茅草，比方说芦苇。荒地上的芦苇和淡水边的芦苇是有区别的，因为在植物学上的无知，我不能细分，但是，荒地上的芦苇要高大得多、挺拔得多。茅草也是，叶子特别地修长，韧性极佳，用它们做草房的屋顶，绝对是上好材料。

那时候我们常听到大人说"下海"，那不是唱戏的意思，也不是经商的意思，是到海边去割茅草。一个人开始盘算着"下海"了，意思只有一个，他们家要盖新房子了。

夏季的农忙之间也有一个短暂的间隙，一到这个时候，我就会来到生产队的牛棚，要求放牛。为此，我得到过许多赞美："这孩子多好"，"到底是老师的儿子"。诸如此类。

我很惭愧。在今天我要老老实实地承认，我要求放牛完全不是因为我有一颗红心，我是贪玩。我说过，我渴望做骑兵，这个心思已经到了疯魔的边缘。做骑兵是需要战马的，我哪里有马呢？没有马就用牛替代。我把牛迁到盐碱地上，先让它们吃点草，然后，拿起一枝芦苇，爬上去了。

爬牛是一个技术活，硬爬你是爬不上去的。它太高了，肚子太大了，这些都是需要克服的难点。第一步，你要站在牛的侧面，趴在它的身上，用手找到牛背上的脊椎，抠稳了；第二步，这才是问题的关键，你要找它前腿的胯骨，用脚找。一旦找到了，你的光脚丫子要踩进去，这一踩，一蹬，再借助于手上的力量，你就上去了。

现在，手握缰绳变得极为重要——我已经是一个骑兵战士啦。我唯一的欠缺就是速度。牛的速度不取决于牛，取决于手里的鞭子。打呀。现在想起来真是难以启齿了，我在当年怎么就那么残酷呢？我从来就没有意识到牛是生命，它只是速度，一种让我永不满足也无法满足的速度。

牛的奔跑是蠢笨的,它怎么也做不到"风驰电掣"。它不昂扬,它不能嘶鸣,它的两条前腿不能腾空,它还不怎么能够拐弯,这些都是遗憾。

我想我过于残暴了,终于也得到了报应。牛并不干净,不少牛有皮肤病。我至今也不知道那是什么病,我能记得的是,得了这种病会很痒。屁股,大腿的内侧,还有小腿的内侧,一起痒。痒是一种非常奇特的感受,一种离奇的、古怪的疼。事实上,它比疼还难忍。报应,这是我应得的。

荒地从来不受庄稼人待见,可谁能想到呢,它居然做过我的战场。在我私密的记忆里,荒地一直是我最为酣畅的那个部分。一个黑色的、皮包骨头的、壮怀激烈的少年,他是年少的、远东的堂吉诃德,他的敌人是那些高挑的芦苇,他的心中充满了没有来路的正义。可怜的水牛一无所知,它气喘吁吁,尽力了。它困厄的表情说明它无法了解它的主人。

我想说,塞万提斯是伟大的,他跨越了时空,跨越了种族，他了解人类的基本性格，他了解生活的基本局面，他预言了他没有见过的那个世界，他预言了他没有见过的那些人。他一直活在亘古时间里，他一直活在无垠的空间里。塞万提斯预言到了我，我叫堂吉诃德。塞万提斯将永垂不朽——我活一天就可以证明一天。

第六章 童年情境

谁的生活或者记忆里还没有一些被称作"场景"的东西呢?它们有意思么?不一定的,也许有,也许没有。当然了,这个"意思"是相对于别人而言的,在当事人,一些"场景"往往能超越"意义",直接抵达当事人的生命史,它们是当事人内心的"标志性建筑"。

我所经历过的场景真是数不胜数,想想也是,虽然我六岁就上学了,可是,那叫什么上学呢,一天也就是两三堂课而已。算一算吧,两三堂课,也就是两个多小时的事情——一天有二十四个小时呢。那么多的时间怎么办?混。哪里有人我们到哪里去,哪里有事我们到哪里去。我是很会混的,什么样的"场景"里头也少不了我的身影。或许是过于寂寞的缘故,我在我的童年时代对"场景",或者说"热闹"有一种近乎疯狂的迷恋。

磨　坊

我们村的磨房就在一座水泥桥的旁边，但村子里的人从来不说"水泥桥"，而是说"洋桥"。说起来真是不可思议了，我，一个出生于1964年的人，在很长的时间里头都把火柴、柴油和铁钉说成洋火、洋油和洋钉。这就是发生在我身上的事情，想起来和做梦也没有两样。

那一年在巴黎，我告诉欧洲的朋友："我和你们很不一样，从文化上说，你们的四十岁就是四十年，而我的四十岁则比你们的四十年长出去太多太多了。"这没有什么可以自豪的地方，但我们这一代中国人在文化上的丰富性的确是欧洲人不可想象的。

"洋桥"边上的那个磨房有历史了。只要看一看它的石门槛就可以知道这一点。石门槛的表面很圆润了，那是无数的脚板和屁股的功劳——没事的时候我也坐在石门槛上，一坐就是好半天。我亲眼看见黄豆变成了豆腐，要不然就是变成了百叶。

磨房并不是每天都出豆腐——每天都出，卖给谁呢？再殷实的人家也经不住天天吃豆腐的，那不是败家么。磨房到底几天出一次豆腐呢？这个也说不好。有可能三四天一次，也有可能十天半个月一次。总体上说，家里头要办什么大事了，事先会到磨房里跑一趟，磨房的主人一闭眼，掐一掐手指头，预订豆腐的有四五家了，可以了，他就开工了。

磨豆腐当然先要泡黄豆。黄豆被泡了一夜，浮肿起来了，松软了，体量也要比平时要大出去一倍。看磨豆腐是一件很有意思的事情，磨盘被分成上下两半，上磨盘和下磨盘。上磨盘上有一个洞，黄豆和水都是从这个洞里添加进去的。上磨盘一转，白花花的豆浆就从磨盘的四周溢出来了。在我的小学阶段,我曾在作文里用"像刷牙"去描写出豆浆,我很得意,却受到了老师的质疑。

磨好的豆浆必须过滤一遍。过滤网其实就是一块布,布的四只脚被吊在"十"字形的两根竹片上——网不是静态的,有人拽着它的两只角,在不停地扯。随着被过滤的豆浆越来越多,网兜里的豆腐渣也就越来越多,最后,豆腐渣成了一个很大的球——豆腐渣的黏合性相当差,即使把它们晒干了,那也是一碰就散,所以,当年的总理朱镕基曾经用"豆腐渣工程"去批评一些建筑物,说明他很了解豆腐的生产过程:先腐败,然后有豆腐渣。

当然了,豆腐渣不能拿过去喂猪,它要喂人。

下面该说烧豆浆了。烧豆浆是一件简单的事,它和烧开水也没有什么两样。但是,如果烧豆浆真的和烧开水一样,我还啰唆什么呢——乡下人在劳作的过程中时常会创造出一些奇妙的"花式",如同调酒师在酒吧里所做的那样。烧豆浆也能烧出"花式"。聪明的女人在炉膛里玩花样了,她们不会让炉火处在炉膛的正中央,而是让炉火在炉膛的内部左右摇晃。由于摇晃的节奏被把控得恰到好处，豆浆的受热既均匀又不均匀了，形成了规律，这规律传递到锅里的豆浆上，豆浆就开始摇晃。随着温度的提高，摇晃的幅度越晃越大，都能出锅，但始终也不会出锅——这有意思么？这没有意思。可又是有意思的。劳动里头有许多神奇的东西，只有最出色的劳动者才能够发现它。无论劳动是一件多么艰苦的事，天性乐观的劳动者都能从劳动当中寻找到乐趣，比方说，让豆浆在锅里头摇摇晃晃。

烧好的豆浆被盛到一个大水缸里去了。做豆腐的所有秘诀大概就在这个环节。豆浆是不可能凝结的，然而，用石膏水一"点"，豆浆就成豆脑了。不要以为这是一个简单的事，豆腐的"嫩"和"老"全在这里。对豆腐，贫苦的乡下人还是讲究的。毛泽东说，中国农民最大的理想就是"菠菜豆腐汤"，理想嘛，当然要严肃认真地对待它。

把豆腐脑盛进事先放好纱布的模型里，用杠杆一压，豆腐就做成了。比较下来，压百叶要吃力得多，还是用杠杆，大人们甚至把自己的体重都用上了。我一直想在磨房里帮点小忙，帮着压一压百叶什么的，可我的体重太轻了，一点也帮不上忙。我只能去干点别的，那也是十分重要的一件事——我去宣布消息。磨房的门前，也就是"洋桥"的边上，立着一根竹篙，竹篙的最顶端还捆着另一根竹篙。只要用绳子一拉，捆着的竹篙就竖立起来了——在两根竹篙的最高处，有一个草把。当那个草把出现在遥远的高空时，所有的人都知道了：出豆腐啦！

　　草把在高空摇晃，出豆腐了。这是我们村激动人心的一个场景，这个场景时常出现在我的梦里，这算不算"魂牵梦绕"呢？可能算，也可能不算。我个人并不十分喜爱"菠菜豆腐汤"，可是，把我的童年和少年全部算上，我也没有吃过几回。毛泽东就是伟大，他发现并指出了我们的理想。"土豆烧牛肉"算什么东西，哪里有"菠菜豆腐汤"好。

水利工地

乡下孩子哪里能见到什么"大场面"？可也说不定，我就见过"大场面"。我见过盛大的水利工地。

"水利工地"是一个书面的说法，在口头上，我们一律都叫作"挑河"。为什么说是"挑河"呢？那是因为我所见到的水利工程都是人工的，无论这条河有多宽、有多长，它都是农民一扁担、一扁担"挑"出来的。"挑河"的工地太壮观了，这是我无论如何也不能忘怀的场景。

就在1974年或1975年的冬天，离我的老家大约五六公里的地方，我们县迎来了一个巨大的水利工程，修一条运河。这条运河现在还在，叫雄港。对了，我们县还有一条与雄港并行的运河，叫雌港。

挑河只能在冬季。这个时候是农闲，这个时候雨水也不多。

我记不得是谁提议的了，反正是穷极无聊的时候，一个小伙伴突然提议说："我们去看工地吧。"也没有商量，我们就出发了。在乡下，五六公里的距离不算近了，但我们只用了小半天的工夫就抵达了。在我还没有看到工地的时候，我已经提前感受到了"场景"浩大的阵势：鼎沸的号子声，还有满天的烟尘。我得到了感染，小跑着爬到高坡上去了，只一眼，我就傻了，我感受到了前所未有的震撼。

我不敢想象我能在"一眼"里头看到那么多的人。全是人。是的，这是"县里的"工程，它动用了"全县的"劳力。河床笔直，又宽又长，在纵情延伸，一直延伸到我看不见的远方。挑河的民工呢？同样延伸到了我看不见的地方。张岱在《湖心亭看雪》里说，舟中人两三

苏北少年"堂吉诃德"

"粒"而已。是的,在最远处,人只有一"粒"那么小,卑微了,不值一提。可是,因为量的巨大,那些小小的、卑微的"粒"既是蠕动也是荡漾。粒粒皆辛苦。

除了人,工地上满眼都是旗帜,那些红色的旗帜写着黄字,其实是编号。某某公社,某某大队,某某生产队。旗帜在冬天的风里飘扬,鞭子一样摔摔打打。它们在清晰地提示我:浩荡的人流表面上是混乱的,暗地里井然有序,所有的人都得到了严格的控制,没有一条腿会走错方向。

浩荡的人流不只是有组织、有秩序,最重要的是有激情。在红色的旗帜之外,我很快就发现其他的彩旗了,这里头的名目相当繁多:党员先锋队、共青突击队、青年突击队、青年敢死队、妇女红旗队、月流动红旗、周流动红旗。我一直以为,把竞技体育的方式移植到集体劳动中来,是我们的一项重大发明。我们的劳动不只是强调劳动的对象和成果,同时还强调劳动的竞技性,是比。看谁更玩命,看谁更不惜身体。

我不能不提号子声。人多带来的必然是势众。声音并不嘹亮,但是,雄浑,像动物的低吼;当然也宽广,从我的脚下一直延续到天边,是绵延的呼啸。就在这绵延的呼啸里,河床两岸的人在对流,一部分向上,一部分向下。冬天的空气被他们迅捷的穿梭弄得发热了,灼气逼人。我只能说,"蚁民"这个词好,一粒一粒的。

在我的成长过程中,有一个说法是蛊惑人心的:改造山河。我相信我们的山河可以得到改造,好坏不论,我们的山河的确也得到了改造。改造山河的是什么人?是"蚁民"。没有比这更好的概括了。他们是深色的,通身洋溢着不洁的体气。他们庞大的数量汇成了惊天地、泣鬼神的能量。"蚍蜉撼树",这是真的么?这是真的。你永远也不要担心他们完不成他们的"愚公移山",他们的繁殖能力是惊人的,"我死了之后还有(更多的)儿子,儿子死了之后还有(更多的)孙子"。不用担心的。

有许多词,比方说,"人山人海",比方说,"啸聚",比方说,"人海战术",比方说,"惊天动地",这些词在我的脑海里从来都不空洞。它们有依有托。这个依托就是我对水利工地的记忆。在我读大学的时候,我读过一

苏北少年"堂吉诃德"

阵子左拉,说实话,左拉我一点也不喜欢。他文字的拖拉令人厌倦,他一点也不节制,他几乎不加选择,逮着什么就写什么,不厌其烦。但是,左拉对小说有一个贡献,那就是他对大规模"场景"的有效描述。作为"自然主义"大师,他是笨拙的,刻苦的,用功的。在这个问题上,现代主义作家差不多都是懒汉,他们不屑巨大的场景,他们脆弱,神经质,一有风吹草动就心惊胆战。他们想一想那个吵吵嚷嚷的"场景"都嫌累。他们是艺术家,他们没有体力劳动者的彪悍体魄。他们的肩膀上方没有"气焰"——他们写不动。

打孩子

孩子在外面做错了事，有人来告状，做父母的动手打孩子，这有什么可说的么？

当然有。

来告状的如果也是孩子，这个不严重，哄几下事情就过去了。

特殊的情况总是会有，来告状的不是孩子，而是对方的父母，尤其是母亲。这一来事态就不一样了，当事人需要认真地对待。一个严格的父亲，或者说，一个持家有方的母亲，通常会把自己的孩子拉到天井里来，当

苏北少年"堂吉诃德"

着告状的人，厉声呵斥，"骂"，然后打几下。打几下不解气，只能下狠手。在父母亲决定下狠手的紧急关头，告状的人出面了，阻拦。父母亲"挨着"告状人的"情面"，只能作罢，做出很生气的样子，并表示"下一次"会如何如何，最终原谅了自己的孩子。

这是最常见的"场景"。

我来说一说这个"场景"里头的逻辑关系："骂"其实是父母亲的道歉，"会说话"的父母会利用骂孩子的过程充分表达自己的歉意。"打几下"则是父母亲的试探，可以了么？可以了。孩子犯错了，父母的"态度"极为重要，要打。"下狠手"往往是父母亲做最后的表态。而告状人的"阻拦"呢？体现出来的则是宽厚，是恕道。哪里能真的打呢。事情到此为止，散了。干戈有了，玉帛也有了。一切照旧。

既然有常态，那就必然有异态。

异态一般出现在"下狠手"这个要紧的时刻。有些告状的人心胸狭隘，觉得自己的这一方吃了亏，不肯出面干预。这一来麻烦大了——教育孩子又不是踢足球，怎么可以做"假动作"呢？这等于把对方的父母往绝路上逼。架势都拉开了，只能真的下狠手，真的打。

做父母的永远偏向自己的孩子，所谓"护犊子"就是这么回事。可对方来告状了，又不肯阻拦，只能真打，打过来打过去，做父母的也会心疼，会冤，会恨，又停不下来，怎么办呢？

有些父母亲是这么干的，把孩子从天井里拉到外面，寻求舆论的支援。一边打，一边骂——这个骂带有交代事态的意思，等于在告诉公众，这里发生了什么，我为什么要打孩子。这个骂还有让大伙儿评评理的意思：就为了这么一点事，你（告状的人）还有完没完了？

厉害的角色在任何地方都有。做父亲的当着告状人的面，能把孩子往死里打。告状的人看不下去，只能出面阻拦。母亲呢，则反过来拦住告状的人了，还说风凉话："打！打死他！打死他这个没见识的东西！打死他这个不知好歹的东西！都给脸了，还不要脸，该打！"做了母亲的女人就是这样，话里头很可能有话的。

事情发展到这里往往变得不可收拾，味道会变得很坏，明明是告状的人有理的，有理的一方反而尴尬——我怎么就这么容不下一个孩子的呢。

有时候就是这样，打的明明是自己的孩子，却也是对方的脸。很不好看。这就叫"杵人"——拿着棍子往对方的胸口戳。

我见过许多打孩子的"场景"，聪明豁达的人最终总是能把"打孩子"变成一种有效的沟通，严肃，也其乐融融。反过来呢？事情被闹得很大，能导致围观，这时候最受伤害的一定是两个人：一、被打的孩子，二、告状的人。事后都没法相处了。

不要小看了"打孩子"这么一个小小的事情，这里头最能体现乡野的人文景观了。乡下人的处世智慧、邻里之间的礼仪、人与人之间的收放和进退，都在这里头。因为"约定"，所以"俗成"，都风俗化了。在骨子里，我们的农民是儒家的，他们没有读过《论语》与《孟子》，但是，儒家文化作为一种传统，它存活在农民的肌肤里头。乡下人的简易"儒学"其实就是两样：律己，恕道。

"会"打孩子的技巧正是体现了这两点：律己，恕道。两者缺一不可。但无论是律己还是恕道，都需要两方面的配合。从这个意义上说，"会"打孩子的人一般也"会"告状，告完了，还能完好无缺地保住双方的脸面。这一点尤为重要，它可以确保我们的生活朝着健康和友善的方向发展。

所谓的风俗,所谓这样的"场景",不过是传统的又一次演义而已,有时候是正面的,有时候是负面的。但是,无论是正面还是负面,它的评判标准,也就是价值,是恒定的。

葬 礼

在葬礼这么一个特殊的"场景"里，我想先说一说哭丧。

严格地说，乡下人哭丧不是单纯的哭，而是诉说，再严格一点，其实就是说唱。有固定旋律，完全可以用五线谱表现出来。整章的乐谱女人们都很熟悉，她们在小时候就得到很好的训练了。六七岁，最多七八岁，女孩子都要过家家：她们盘坐在地上，四五个一圈，围着一个海碗大小的坟墓，一口一个"亲爹"，一口一个"亲娘"，一不小心就是父母双亡。除了腊月和正月，大人们也不忌讳——谁还不是这样长大的呢？谁还不死呢？的确，哭丧是女孩子过家家里的重要议程。

在许多时候，哭丧和情绪的关系并不十分的紧密，它是亲友团的一项义务、责任，相当于友情演出。朋友家的或邻居家的老人"老了"，她正好去打酱油，她正好去淘米，那就把酱油瓶或淘箩子先放在一边，哭会儿丧再说。如果时间不宽裕，她在临走的时候会关照一声，先回去做饭，吃过饭再来。

哭丧的第一声是叫板："我伤心的""我可怜的"，然后就正式开始了。重要的内容是夸，夸死者。这个夸很少有总结性的说辞，一般是叙事，讲死者所做过的好事。到了总结的阶段，比方说，死者乐于助人，死者慷慨大方，哭丧的人并不把这样的话说出来，她们采取一个大回环，再一次回到"我伤心的"或"我可怜的"，其实还是赞美。到了这个阶段，情感反而会酝酿出来了，哭丧的人也会真的动感情。

哭丧的另一个重要内容是诉说死者一生的艰辛，死者未竟的心愿，死者放不下的心思。这是悲情的。我们站在尸体的旁边,也会受到感染。老实说,我们这些看热闹的孩子一点也不关心死亡,能让我们难受的是死者的不甘——新米还没有吃上——孙子还没有出生——当兵的大儿子还没有回来。几乎就在我的童年,我就对"不甘"有了痛彻的认识,它让人欲哭无泪。

哭丧是女人的事,守灵则需要男人了。在守灵之夜,男人们喜欢拉开八仙桌,打牌。那时候麻将已经是"四旧"了,玩不得,扑克却可以的。就在尸体的旁边,一群人坐下来了,四个人主打,另外的闲人出谋划策。他们身着重孝,叼着香烟,看着手里的牌,一起动脑子。这样的牌局大概能够延续到天亮。天一亮,哭丧的女人又来了。有些人会哭三四次,有些人只哭一两次,但是,只要和死者有些瓜葛,哭一次是最基本的。我曾听到女人们这样打招呼:

"你还哭过啦?""昨天哭过了。"也可以这样回答:"我下午过去。"

让我来猜一猜,我估计有些朋友读到这里会不高兴——我们的农民朋友就是这样操办葬礼的?你把他们描绘得太无情、太冷漠了。是的，我们的农民就是这样操办葬礼的，一点也不像我们的小说，一点也不像我们的电影，一点也不像我们的电视剧。我说的是真的，从我懂事的那一天起，一直到1975年，我没有落下村子里的任何一场葬礼。没有人邀请我，我只是一个人站在尸体的旁边，看，一直看到尸体入土。在这个问题上我是有发言权的。

城里人有一种病，我把这种病叫作"抒情综合征"。这是恶性小说、恶性电影、恶性电视剧、恶性电视选秀，一句话，恶性的当代文化造成的。这文化极其恶俗。主要是肤浅。肤浅的标志就是无度抒情。我们热衷于"抒情秀"。我们就此失去了深邃、沉郁和博大的可能。

我不会说中国的农民是深邃的、沉郁的和博大的，但农民感情到底不一样，他们面对感情的态度也不一样，说到底，他们的感情是生活里的一个部分，他们不可能把情感从生活当中拎出来，夸张、烘托、渲染、处理，以达到催人泪下的效果。农民的情感很本分。

乡村的葬礼就是这样，乡村老人的葬礼就更是这样。办丧事的人相当节制。我想说的是，在农耕文明时期，农民对老人的离去绝不会煽情。为什么呢？这就要说起另一个话题了。

在农耕时期，家庭是完整的，从来都没有破碎过。一个人老了，不能干活了，他成天和自己的儿子、儿媳一起；他不能动弹了，依然和自己的儿子、儿媳在一起。他们每时每刻都厮守在一起，直到最后。人都会死的，人老到一定的地步就会死，这有什么大惊小怪的呢？一个儿媳妇，如果在她的公公或者婆婆的葬礼上哭得过于喧嚣，会被人瞧不起的：你在老人活着的时候没有尽力——现在愧疚了，哭给谁看呢。

守孝道的儿子在葬礼上一定是节制的，守孝道的儿媳妇在葬礼上也一定是节制的，这才是体面的人家。

在贫穷的年代，人情并不寡淡。也许它的"样子"是寡淡的，骨子里却不是这样。相反，人情寡淡的现象出现在新时期。

农耕时代过去了，它的标志是乡村家庭的破碎。在现如今的中国大地上，有几个家庭是完整的呢？还有几个人可以守着自己的老人生活呢？到大城市去吧，挣钱去吧——突然，手机响了，短信来了，父亲，或者母亲，永远离开了。晴天霹雳。许多人是在这个时候才恍然大悟，自己原来还有父母。

我已经很久不回乡下了，我已经很久没有见过乡村的葬礼了。我猜想今天的葬礼再也不是当年的模样。操办葬礼的人行色匆匆，他们大多是愧疚的，他们对仙去的先人充满了歉意。愧疚和歉意会放大我们的悲伤，令当事人无法淡定。也许他们会披头散发并号啕大哭，那不是对逝者的追忆，那是对自己的谴责。这一切和死亡已经无关了，当事人的伤痛里多了一样东西，叫不甘。

在葬礼这个"场景"里，最重要的东西当然还是情感。我想说的是，如何面对自己的情感，如何表达自己的情感，这不是小事。一个人的处境在这里头，一个人的气质也在这里头。我甚至愿意夸大一些：一个民族的处境在这里头，一个民族的气质也在这里头。

现场大会

那是一个政治高于一切的年代,这句话既是实情也不是实情——那些东西能叫作"政治"么?我看不能。那就是胡闹。

在那个胡闹高于一切的年代,现场大会隔三差五就会来那么一次。如果现场大会的规模过于宏大,现场大会又可以被叫作万人大会。万人大会用十六个字就可以描述了,正如白云——宋丹丹——女士所说的那样:红旗招展、人山人海、锣鼓喧天、鞭炮齐鸣。

现场大会的地点从不固定,有时候在这个村,有时候在那个村,有时候直接就到了公社。

我记不得我总共参加过多少现场大会了,那可是需要我们学校倾巢出动的。每一次的启动仪式都一样:立队,训话,喊口号,出发。

我想我该说说我自己了。在绝大多数时候,我都是乡村大地上一个小小的看客。现在不一样了,现场大会或万人大会来了,我不再是看客。我要发言,说得牛气一点,我要"讲话"。

可以推算,我第一次在大会上发言不足六周岁。所谓发言,其实就是背诵。我的母亲告诉我,我第一次发言的表现并不好,因为害羞,我的头一直低着,右手在拨弄上衣上的第二个纽扣。声音也不够洪亮。

我至今都是一个害羞的人。当然,没有人相信。别人不相信是因为别人见不到我内心的样子。我害羞,但是我痛恨我的害羞,我一直在克服我的害羞。

我平生第一次失眠大概就是在我六岁的那一年,我接到了发言的通知。附带说一下,现场大会或万人大会是"人民"的大会。什么是"人民"呢?工、农、商、学、兵。工、农、商、学、兵的代表都发言了，这次大会就成了"人民"的大会，当然也就成了"胜利"的大会和"革命"的大会——四十岁以上的人都知道这个。

我是学生，也是红小兵。换句话说，我一个人可以拥有两个身份，"学"和"兵"。同时拥有多种不同的身份在政治上是占便宜的，你会获得更多的机会。这就是为什么我一直"有机会"上台发言的原因。

这里头还有一个隐性的原因，我当时并不知道：我的父亲是"右派"，我母亲的地位就显得很尴尬——她可以是"人民"，也可以是"敌人"。这一来她的"态度"就显得尤为要紧。母亲必须"积极"。她的"积极"最终落实在了我的头上。在当时的情况下，如果我多登台、多发言，这对我们全家来说都是好事情。母亲不可能把这些告诉我，她在接到通知之后会为我写好发言稿，她说一句，我学一句。我可以背得很熟，但我做不到"声情并茂"。直到今天我都做不到"声情并茂"，那会让我很难受。我反对"声情并茂"。

一个六岁的孩子哪里能承受这样的重任？如果我可

以选择,我的选择是退缩,这是毫无疑问的。但实际上,我没有退路。母亲用抚摸、食物和"大道理"来鼓励我。母亲说出了许多烈士的姓名——他们连死都不怕,都牺牲了,你怎么可以害怕呢?

我承认,在现场大会的前夜,我是焦虑的。我睡不着,睡着了也不踏实。我最害怕的事情就是"忘词"。但是,我哪里能知道呢,现场大会是如此的"取之不尽、用之不竭"。它没完没了了。慢慢地,我好了。和革命烈士比较起来,我不仅没有"牺牲",我甚至都没有受伤,哪儿都好好的,这还有什么好害怕的呢。

我的胆量是被逼出来的,大约在小学三年级的时候,我已经可以应付万人大会的现场了。现场黑压压的,全是人头和眼睛。麦克风把我的声音送出去了,我在台上可以听到空阔的回声。那是我的童声。我很害羞,我也很虚荣。如果你的虚荣有足够的马力,害羞就不再是一个问题。它是可以克服的。

父亲告诉我:"面对一个人和面对一百万个人是一样的。"我没有见过"一百万"个人,我见到的只是黑压压的人头和闪闪发光的眼睛。当一个孩子走上讲台并站到一张凳子上的时候,他的嘴巴终于可以够着麦克风了。全场鸦雀无声。"人民"是喜欢我的,我也很享受。

1986年的9月9日,作为学生代表,我在母校扬州师范学院的教师节上发言。我不能忍受台下的吵吵嚷嚷,我停下来了,环视四周。因为不期而然的安静,会场里慢慢地静下来了。我对着麦克风说:"请老师们不要再交头接耳了。"我的举动让我的辅导员很生气。他没有批评我,他一直像我兄长那样关心我的成长。但辅导员的表情在那儿,他很生气——我做错了么老师?我没错。

我要说,我不会感谢"文革"。我不会认为是"文革"锻炼了我,让我拥有了在公众面前说话的能力。事情不是这样的。我在"文革"阶段上过无数的台,发了无数的言,但没有一句话是我自己的。我只是一个传声筒,一个工具。我的作用和麦克风里头的电流并没有什么两样。我仔细地回忆了一下,在我二十三岁之前,换句话说,在我大学毕业之前,我在台上总共就说过一句自己的话:"请老师们不要再交头接耳了。"就这一句。如果不是因为"文革"已经结束了,我估计只此一句的普通"人话"我都说不出。背诵从来就不是说话,朗读也从来就不是说话,这是两回事。

说话不是别的,只是表达自我。自我在前,表达在后。

我要感谢我的母校,扬州师范学院。我的专业是师范,将来要当老师的。我在毕业之后要站在讲台上说话的。扬州师范学院不是什么名牌大学,但是,我一直为我的中文系骄傲。扬州师范学院中文系的训练是多么的严格、多么的系统啊,很科学的。从大学二年级开始,我们每一天的上午都有说话训练。我还想说,我是幸运的,我在读大学的时候迎来了"思想解放",环境相对是宽松的。那是一个朝着正确的方向行走的时期,我们这一代学子都在尝试着做自我,表达自我。回过头来看,这是多么重要的一件事。

问题又来了,我这个"老革命"发现,离开了背诵和朗读,我在公共场合依然是"不会说话"的。每一次在公众面前"说话"我都害羞得要命。最终帮助我的是逻辑。我尝试着在表达自己的时候寻找到有效的、清晰的逻辑，逻辑至今都是我的工具。逻辑只是方法论，这个大家都知道，我想说，逻辑也是世界观。信口雌黄的人无论拥有多好的"口才"和"感召力"，在我这里永远都得不到信任，更不可能成为朋友。

　　作为一个经历过无数现场大会的人，我不得不说，"真正地"表达自我和"有效地"表达自我，是文明。

父亲的姓名 (1)

不用避讳,我的父亲叫毕明。

和所有的孩子一样,在相当长的一段时间内,我以为父亲的名字就叫"爸爸"。

突然有一天,我知道了,他不叫"爸爸",他叫毕明。

长大之后我又知道了,父亲原来也不叫毕明。我见过他废弃了的私章,隶体朱文,他曾经是"陆承渊"。

为什么叫"陆承渊"呢?因为他的养父姓陆,他是"渊"字辈。"渊"字辈下面是"泉"字辈。从理论上说,我的姓名应该叫"陆某泉"。

在今天的兴化，有许多"陆某泉"，凡是叫"陆某泉"的，不是我的兄弟，就是我的姐妹。

但是父亲的养父很不幸，父亲的养父有一个弟弟。那是一个流氓。这个流氓告发了自己的亲哥哥，因为他的亲哥哥把大米卖给日本人了。

父亲的养父是被一个"组织"处死的，罪名是"汉奸"。"组织"恰恰没有用"组织"应有的方式处死父亲的养父，而是选用了私家祠堂的方式，手段极为残酷。那个流氓弟弟失算了，他什么也没有得到。父亲养父的财产全充公了。

为了生计，父亲放弃了学业，"革命"去了。他参加了中国人民解放军，在沈阳军区空军机场做机要员。建立档案的时候，诚实的父亲说了实话。结果只能是这样：他被部队"劝退"，回到了地方。

回到兴化的父亲得到了一个新的名字，那是"组织"的关怀：他成了"毕明"。这个名字的含义来自《水浒》，林教头风雪山神庙：逼上梁山，走向光明。

苏北少年"堂吉诃德"

细心的读者也许就知道了,我在讲小说的时候动不动就要说到《水浒》。

但施耐庵远远称不上伟大。真正伟大的那个作家叫鲁迅。鲁迅把他的如椽大笔一直伸到了我的家,就像《阿Q正传》所描绘的那样,陆承渊"不许革命",陆承渊"不许姓赵"。

1971年还是1972年?是一个大年的初一。当年的陆承渊、现在的毕明,他正在看书。看得好好的,他突然哭了,事先没有任何预兆。对一个孩子来说,这样的"大年初一"失魂落魄。我害怕极了,却多了一个心眼,偷偷记住了那本书。那是一本鲁迅的书。

高中还没有毕业我开始阅读鲁迅,我全明白了。

做作家需要运气,做读者也需要运气,不是么?我的运气怎么就这么好呢?我想我比同年的孩子更能够理解鲁迅。

还是来说说我是怎么知道父亲叫"毕明"的吧。我能知道父亲叫"毕明"必须感谢一个场景,这个场景是这样的:

我们一家人都在家里，墙外突然传来了许多急促的脚步声，我的家一下子拥挤了，站满了父亲和母亲的学生。他们带进来一股十分怪异和紧张的气氛。

父亲和他们说了一些什么，随后就跟着他们走了。

我的家一下子空了，只留下我一个。我不知道这个时候我是几岁，可能是三岁，也可能是四岁，这是我自己推算出来的。

后来我一个人出去了，意外地发现学校的操场上全是人。我站在外围，也挤不进去。我就一个人晃悠去了。

就在我离开不久，口号声响起来了。很响。很整齐。

我记得我来到了一个天井的门口，门口坐着一位老太太，她的头发花白花白的。她坐在门槛上。

老太太突然问我："晓得毕明是哪一个啊？"我回答了没有？我记不得了。老太太说："毕明就是你爸爸。在喊呢，'打倒毕明'。打倒了哇。"

我从此就记住了，爸爸叫毕明。

那一天的晚上父亲一直坐在那里泡脚。一家人谁都不敢说话。

苏北少年"堂吉诃德"

对了,也许我还要补充一个场景,1997年7月19日下午,我的儿子出生了。我在医院的阳台上借了一部手机,我要把儿子出生的好消息告诉他老人家。有一件事我是不能不和父亲商量的:我的儿子到底是姓陆还是姓毕?

父亲在电话的那头再也没有说话。我在等。我们父子俩就那么沉默了。后来我把借来的手机关了。我决定让我的孩子姓毕。其实我不想让孩子姓毕——我还好,我的儿子也还好,可我理解我的父亲,这个姓氏里头有他驱之不尽的屈辱。

父亲的姓名 (2)

突然来了一场大暴雨。

这场暴雨是在半夜来临的,我正在酣眠。后来,电闪了,雷鸣了,再后来整个大地都被暴雨敲响了,动静相当地大。暴雨之夜并不安静,但是,也许有人会同意我的观点,暴雨的吵闹反而有助于睡眠。

一觉醒来,空气清冽,神清气爽。我们家门口的操场成了风景了——那是一块平淡无奇的泥地,因为一夜的暴雨,它被冲刷得平平整整,仿佛等待书写的一张白纸。

苏北少年"堂吉诃德"

孩子有孩子的狂野,这狂野就是破坏。孩子见不得平平整整的雪地,孩子也见不得平平整整的泥地。但凡有平整的雪地和泥地,孩子一定要让它们铺满自己的脚印,精疲力竭也在所不惜。

但这个上午我对平平整整的泥地动了恻隐之心了。我不想破坏它。相反,我要尽我的可能保护它。我没有在操场上留下我的脚印,我没有让操场浑身布满了疤。

暴雨之后通常都是艳阳。大约在午后,整整一天的骄阳把湿漉漉的操场烤干了。我光着脚,来到了操场。操场是滚烫的,松软的,依然有我的脚印,但是,泥土没有翻起来,操场上没有疤。

我想在操场上写字,这个念头在刹那之间就产生了。几乎就在同时,我决定了,写我父亲的名字。

父亲的名字向来是一个忌讳,一个孩子无论如何也不会无缘无故地使用父亲的名字。我还要强调一点,我害怕我的父亲——因为忌讳,因为害怕,我决定写父亲的名字。

我找来了一把大锹。现在,这把大锹就是我的笔了。

我目测了一下，把操场分成了两半，上半部分，我要写一个扁扁的"毕"，下半部分我则要写一个扁扁的"明"。

在我开始写书之后，我意识到了，操场的实际面积要比我估计的大得多。我提着锹，用尽了全力，几乎就是奔跑。有好几次，因为大锹的角度问题，我都跌倒了。但是，跌倒了又怎么样呢？什么也阻挡不了我对忌讳的挑衅，什么也阻挡不了我对恐惧的挑衅。心花怒放啊。

我要说的是，我最终完成了我的杰作。"毕明"那两个字被我用大锹"写"在了雨后的操场上。我气喘吁吁，巨大的操场被我刻成了我父亲的私章。操场坑坑洼洼，而我则心花怒放。

父亲后来过来了，他看了我一眼。那一眼让我紧张万分。他还看了一眼操场，就站在他自己的名字上。很奇怪，他没有认出他的名字。他有些茫然，他不知道自己的儿子在忙碌什么，他是有些狐疑的，他的儿子满头满身都是大汗。

但父亲到底也不知道我都干了些什么，他都站上来了。他只要用心一点点，我所做的一切就全都暴露了。

谢天谢地,我干了,而什么都没有发生。

许多年之后,我们家已经在中堡镇了,父亲给我讲述苏东坡的诗,"不识庐山真面目,只缘身在此山中"。我就坐在父亲的身边,突然想起了那个"遥远的下午",我的小心脏都拎起来了。我偷偷地笑了。这两句诗我不用他讲的,我比他还要懂——我曾经亲手把我的父亲送到"庐山"上去,他自己都没能认出"庐山",他还给我讲这个呢。

我不是一个干大事的人,也没干过大事,可是,我懂得一个道理,如果你决定"干大事",一定要往"大"里干,当"事情"大到一定的地步,再危险都是安全的。

池　塘

母亲说，那一天特别特别的冷。母亲说，那一天我穿上了新棉袄和新棉裤。

我对新棉袄和新棉裤没有一点记忆，我能记得的是，我去了奶奶家。奶奶的嫡孙叫王继海，我们差不多每天都待在一起。

奶奶家的天井里有一个淘米缸，因为天气太冷的缘故，淘米缸结冰了。淘米缸是圆的，换句话说，缸里的冰也一定是圆的。我们把淘米缸掀翻了，想把圆圆的冰块给取出来。冰块被我们取出来了，但是，碎了。碎了也就碎了吧，我对淘米缸里的冰块很不满意，它不是"冰清玉洁"的那种冰，它很混浊，很丑。

为了得到一块晶亮的、透明的冰块，我和继海来到了池塘边。我们都记得的，池塘里的水无比地清澈，比淘米缸里的水不知道要清澈多少倍。既然淘米缸里的冰块如此污浊，那么，池塘里的冰块一定会闪闪发光。一定的。我们挑了一些砖头，往池塘里扔，池塘里的冰很快就被我们砸开了，一块一块的，漂浮在水面上。下面的事情就简单了，趴在池塘边，把它们捞上来呗。

许多细节我都记不起来了，有一件事情我却终生难忘。有一块冰就在我的脚边，我对它的形状很不满意，我想把它踢回到池塘里去。这一脚离奇了，冰没有动，我却滑进了池塘。

那时候我还不会游泳，但是，即便是一个孩子，他的求生本能也能发挥出创造奇迹的力量，我的两条腿不停地打水，居然漂到池塘的对面去了。当然了，有两点我必须补充一下：一、我是躺着滑进池塘的，二、我的身上穿着崭新的棉裤和棉袄。因为这两个原因，我在漂满

苏北少年"堂吉诃德"

了冰块的水面上支撑了很久。

我在水面上到底支撑了多久呢？我不知道。我所知道的只是最后的结果。母亲说："是父亲的学生把你捞上来的。"

我被扒得精光，站在大堂（客厅）里头。母亲一定是被吓坏了，她铆足了力气，一边尖叫一边痛打——这次痛打我的母亲说了一辈子，她老人家动不动就要把这个故事搬出来。

我想补充一点：这一次的危险父母亲是知道的，其实，还有几次比这更危险，父母亲不知道。我怎么敢说呢？不可能说的。就因为调皮，我有好几次让自己陷入了绝境。在生命垂危的最后关头，父亲的学生，要不就是母亲的学生，出现了。这是巧合么？这当然是巧合。遇上其他的人也一定会出手相助的。

可是，为什么总是父母的学生呢？

我迷信。我的父母做了一辈子的好人，所以，我一次又一次逢凶化吉。我告诉我自己，我也要尽我最大的可能做一个好人。好人在我的眼里是简单的：帮别人，不害人，尤其不肯群策群力去害人。

床

因为房子小,在大部分时候,我的家里只能搁两张床,一张属于我的大姐和二姐,另一张属于我的父母——我睡在哪里呢?我父母的内侧。

七十年代初,我的生活极其规律,每天晚上八点三十准时睡觉。为什么是八点三十呢?这就要说到我们乡下的有线广播了。在当时,"兴化县人民广播站"每天播音三次,早一次,中一次,晚一次。晚上的播音是六点开始。六点到六点三十,这半个小时的节目雷打不动:样板戏选段。无论我在哪里,六点之前我一定回家。回

苏北少年"堂吉诃德"

家干什么呢？听半个小时的样板戏。那时候有一份杂志，叫《红旗》，《红旗》杂志曾经全文刊登过八个样板戏的剧本，我的母亲是个戏迷，她把杂志拆开了，取出剧本，重新做了封面。换句话说，我的手上有八个样板戏完整的剧本。这对我来说至关重要。为什么这么说呢？我连普通话都听不懂，又哪里能听懂样板戏呢？现在，剧本就在我的膝盖上，眼睛盯着字，耳朵听着戏，好办了。我终于知道阿庆嫂、李玉和、杨子荣和方海珍在说什么和唱什么了。他们有一个共同的特点：有仇，很愤怒。

八点钟开始的那个节目同样雷打不动，叫《中央人民广播电台各地人民广播电台联播节目》。八点三十，节目结束。然后就是《国际歌》。对我们乡下人来说，《国际歌》的旋律是一个标志，一天，它正式地结束了。因为日复一日，《国际歌》的歌词被我们忽略了，我们印象深刻的反而是它的旋律，它悲愤、压抑、苦大仇深。因为和一天的结束紧密相连，很抱歉，这旋律在孩子的耳朵里带上了瞌睡的色彩，是催眠的。都条件反射了，一听到《国际歌》我就困。而我的父亲和母亲也会这样呵斥我们:"《国际歌》了!"我们懂的,赶紧上床。

最多在八点四十,我的父亲会吹灭家里的罩子灯。夜就这样来临了。乡下的夜可不是城里的夜,那是一无所有的。黑,无边的黑,静,无边的静。你不知道自己在哪里。

但我的父母亲有一个习惯,他们不会在灭灯之后马上就睡,他们会坐在被窝里,黑咕隆咚地说一会儿话。他们的声音很小,什么都聊,但是,有一个主题,那就是"过去",也就是"解放前"。父亲在"过去"做过"少爷",母亲呢,是"小姐"。他们轻声细气地聊啊聊,全是他们"过去"的衣、食、住、行,还有相互比较甚至攀比的意思。

我闭着眼睛,就躺在他们的身边。我很快就注意到一件事了,他们所说的生活我从来就没有"过"过,当然了,也不可能"看见",但是,出于对父母的信任,我知道,他们所说的都是真的。时间久了,他们的对话在我的脑海里起作用了,我的父母亲仅仅依靠对话就给我勾勒出了另一个完整的世界。就在阒寂的黑夜里,我的

苏北少年"堂吉诃德"

想象力生动起来了。我喜欢听父母亲这样的对话，那都是"好日子"。

当我躺在床上的时候，尤其在冬天的夜里，两个世界一直是并存的：一个是黑暗中的现实，一个是对话中的虚拟。回过头来看，我对"虚拟"世界的信念大概就是在那个时候建立起来的。我相信"虚拟"的世界，它的根由是我相信我的父亲和母亲。

那一年在香港，我在一所大学的沙龙作了一个小范围的演讲，题目就是《床》。这个题目吸引人了。在这个题目底下，我回答了一个问题，那就是我为什么会成为一个作家。作家是什么样的人？作家是长着两只眼睛的人，一只眼盯着现实，一只眼盯着虚拟。他从来就不会怀疑虚拟的"存在"。那是坚定不移的。

我早就不是躺在父母身边的孩子了，如果不是因为贫穷，我也不会在那样的年纪还躺在父母的身边。回过头来看，我愿意把那样一种特殊的生活看作我的文学课堂。这个课堂里有这样几个关键的内容：

一、对"虚拟"的信任与虔诚；

二、语言与"虚拟"的关系;

三、"虚拟"与想象的关系;

四、想象与语言的关系;

五、什么是生活里的真？我们看到的"现实"是真的么？不一定的。回到我父母亲的对话场景吧，那时的"现实"是什么呢？是七十年代初期中国苏北的乡村。但是，对我的父母来说，"真"的生活是什么？是那些早已经"失去"的部分。在他们的眼里，生活"应该"是"那样"的，不该是"这样"的。否则，他们不可能一遍又一遍地絮叨。"真"不是"现实"，是愿望，是魂牵与梦绕。"真"是有标准的，它包含了价值观。所以说，只要有"真"的愿望，"虚拟"就不会灭绝，文学就不会死。我可以拍胸脯的。

六、价值观。这不是一个复杂的问题，说白了，它就是"好生活"的向度。让人幸福就有价值，让人挨苦就没有价值。有益于人生就是正确的价值观，有损于人生就是错误的价值观。不要把价值和价值观复杂化，说到底，它是我们最基本的愿望，就在常识里头——就在夜深人静的时刻,你愿意和你的亲人反反复复絮叨的话语里头。我甚至愿意世俗一点,给价值观一个世俗的定义:你一生都在重复的那句话。

写到这里,我愿意给孩子们说一句话:永远也不要小瞧了父母的力量,即使他们是倒霉蛋。我也愿意给做父母的留一句:有孩子在场的时候,永远都要留意你们的交谈,它们也许可以注定你孩子的一生。

第七章 几个人

生活就是这样,有些人和你没有多大的关系,就因为一些特别的际遇,他们和你扯在一起了。你不会特意去怀想他们,可你很难忘记他们。也许到死都不会忘记。

盲人老大朱

　　成年的盲人当然是"五保户"。"五保"一定是一种乡村的社会福利。是哪"五保"呢？那时候我太小了，真的不知道。我能记得的只有一点，但凡"五保户"，其实不是"户"，他们都是孤身一人，住在"舍子"里头。"舍子"也就是棚子，整座房子没有围墙，屋顶像一顶草帽，直接就扣在地面上。

　　回过头来看，"五保"这个说法着实可笑了。即便是充满了壮劳力的家庭，生计也通常"不保"。"五保"能得到什么"保"呢？我所看到的"五保户"大部分都是乞

苏北少年"堂吉诃德"

丐。到了腊月,"青黄不接"的时候,他们就在胳膊上扤起一个淘箩,淘箩里只有两样东西:碗,还有筷子。然后就上路了。

有一句话我一直羞于说出来,可是,说不说都是这样:只要一出现涝灾,我的老家就会出现一大批的乞丐。成群结队。

在我还是一个青年教师的时候(二十世纪八十年代),每一年的寒假,返校的学生说得最多的一句话是这样的:"毕老师,春节期间我家来了许多人,都是你老乡。"每次听到这样的话我都很不舒服,我只能尽我的可能笑得自然一些。

是四岁还是五岁,那一年的冬天我闯了一个什么祸,我的母亲逼着我认错,我不干。气急败坏的母亲决定惩罚我,她拿起碗筷,装在淘箩里,随后就把淘箩套在我的胳膊上。她把我推出去了。当着我的面,我的母亲关上了家门。我吓得不轻,最终认错了。四十多年过去了,这件事我依然记忆犹新。回过头来看,即使是一个孩子,我的内心也有关于讨乞的恐惧——那是完全有可能发生的事。

同样是做乞丐，盲人的讨乞就要复杂一些了。他不认路，他必须由一个孩子领着。联系他们的是一根竹竿。

我在小学课堂上听老师讲过这样的一个故事：

一个盲人讨到了一碗面，一口气吃完了，他把面汤递给了孩子。孩子用筷子在面汤里捞，却什么都没有捞到。盲人说："你（用筷子）再划划。"就在回头的路上，他们过桥了，孩子一把把盲人推下了河，盲人喊救命，孩子不救，说："你再划划。"后来，盲人学好了，每一次讨乞的成果都是一人一半。

如果在今天，这么说吧，我孩子的老师在课堂上给我的孩子讲这样的故事，我想我会请他喝杯咖啡，我们得谈谈。但即使是今天，我也不会指责我当年的老师。他在教导我们"活下去"的方式，他在提高我们关于"吃"的智慧。这个故事在无情地告诉我们一个事实，即使在讨乞的"组合"内部，到了"一碗面"的面前，真正起作用的依然是"丛林法则"。

苏北少年"堂吉诃德"

我的问题是:丛林法则到底对不对?

这个问题是无解的。好吧,既然无解,那就先把它放在一边。我们先说盲人老大朱吧。

老大朱也许姓朱,我不能确定。他是光棍,就一个人。换句话说,不可能有孩子提着竹竿给他带路。奇迹发生了——奇迹在大部分情况下都是由一个人来完成的,老大朱硬是扪着他的淘箩子到其他的村庄乞讨去了。

在这里我要强调一件事,乡下"本没有路,走的人多了,也就成了路"。乡下的路是随机的,有它的季节性,这里头还包括复杂的田埂和独木桥——老大朱一个人是怎么走那些路的呢?他是怎么做到的呢?没有人问过他。但老大朱做到了。他活着,这就是证明。

这怎么可以证明呢?老大朱没有被饿死完全可能是这么一回事:他没有去其他的村子,他就在本村要饭了。

不。事情不是这样的。我可以很负责任地说,我从来没有看见老大朱在我们村要过饭。一次都没有。

在我的老家那一带,有一个隐形的规矩,也不是什么硬性的规定:要讨饭,可以,你最好到别的村子里去,不要在本村。这里头有难以启齿的尊严问题。你可以在不认识的人面前失去脸面，但是，你不能在乡里乡亲的面前伸出你的手——人都是要脸的，即使在要饭。

外面传来了老大朱的消息，说，这个瞎子很有意思，在他讨乞的时候不说话。他不说"发财啊"，"长命百岁啊"；他会把他的食指塞到嘴里，抿着，鼓起来，用指头拨弄他的腮帮子。这一拨，他的嘴里就会发出"啵"的一声，很响亮。这是一个信号——老大朱的嘴来了。是的，老大朱是我见过的辨识度最高的一个盲人，也是我见过的最欢乐的一个乞丐。

我请老大朱做过表演，他"啵"得真的很响。我们都学他，我们所有的孩子都会"啵"，我也会。在老大朱踩着夕阳回到我们村的时候，他时常被我们包围。在他的四周，稚嫩的"啵啵"之声不绝于耳。他闭着眼睛，脸上乐开了花。

我还去过老大朱的"舍子"，和他聊过天。他的家不能用"一贫如洗"去概括，因为他家里的东西没有一样是洗过的，包括他的碗。而他也不用筷子。老大朱并不闭塞,很健谈。我为什么要来到老大朱的"舍子"呢?是一个老奶奶建议我们去的。老太太也没有真的建议我们去,她只是在老大朱的酱碗里发现了"太多"的蛆,老太太说:"你们去看看瞧。"这其实是强调说话的真实性而常用的一种语气。我们真的去了。老大朱酱碗里的蛆实在有点过分了,酱是黑的,可老大朱的酱碗是白的。密密麻麻,在蠕。

我非常非常地抱歉,我想说说蛆。在我的家乡,哪一家的酱碗里没有生过蛆呢?我们家的酱碗里就见过。我不止一次用我的筷子把那些蛆拣出去,就像从饭碗里拣出去一粒砂礓。面对食品里的蛆,我没有心理障碍。为了一两个蛆就把一碗酱或一碗咸菜浪费掉,用我母亲的话说,叫"不会过日子"。很不像话的。老大朱的问题不是酱碗里有蛆,是他看不见,他不能用他的筷子把它们拣出去,结果,蛆拿他的酱碗做窝了。最终,蛆也就成了他的食物。老大朱说,"酱蛆"可以"当肉吃"。

俄罗斯文学里有一种特殊的东西,叫"高贵的苦难"。老实说,这个说法很吸引我。我信,我坚信,即使在苦难里头，人性也自有人性的高贵。这和"贵族的苦难"、"草根的苦难"不是一码事。可我从来没有见过"高贵的苦难"，我亲眼所见的都是"卑贱的苦难"，和蛆一起吃，和虱子一起睡，和苍蝇一起拉，和蚊子一起撒，在最后，所有的人都变成了蛆、虱子、苍蝇和蚊子。

后来我终于明白了，我不可能看到"高贵的苦难"。道理很简单，我们早就生活在"丛林法则"里头了。所谓的"丛林法则"，无非就是两句话：物竞天择，适者生存。

这么一说我在前面悬置的问题似乎可以作答了，它不是无解的。它有解，但它的解有一个前提："人"和"物"究竟有没有区别。

如果"人"和"物"没有区别，丛林法则就是对的；如果有，丛林法则就是错的。

回过头来，我必须要说，老大朱的苦难是卑贱的，然而，即使是这样卑贱的一个盲人，他的内心也有他可怜的高贵。他都那样了，都那样了，可他也没有拿自己当"物"，他是拿自己当"人"的。

苏北少年"堂吉诃德"

他严格地遵守了那个隐形的规矩,那个并不"硬性"的规定:他一次也没有在他的乡亲面前伸出过他的手。"尊严",这么一个东西,始终在他的心里,虽然他未必知道尊严这两个字。

从这个村,到那个村,也许只有几里路。可是,对老大朱来说,那可是千山万水。我特别想知道,在他每一次扛上淘箩子打算出发的时候,他想过什么没有。他为什么每一次都要选择他的千山万水呢?

在我的中学时代,我读到了《孔乙己》。在小说的结尾,鲁迅先生平静地说,这时的孔乙己大概是死掉了。同样是关于死,鲁迅的弟弟,"在家和尚"在学生遇难之后送过去一副挽联,我记得其中的下联:"如此死法,抵得成仙。"这一次反过来了,关于死,鲁迅先生淡然,启明先生愤激,骨子里的意思却一样:乱世的死亡并不可怕。有时候,体面地死比困厄地活大概还要好些。

盲人老大朱死了么?死在哪里?怎么死的?这些我都不知道。我打听过,得到的消息不是很有把握:"可能死了。"是的,"可能"的。谁会那么无聊,去关心盲人老大朱的死呢?不过我推算了一下,此时此刻,老大朱大概是死掉了——老大朱,无论你是怎么死的,你吃了那么多的苦,我企盼你能成仙。

哑 巴

我的脑袋上有一个疤,那是一个哑巴留下来的。他比我大好几岁,可我却一直欺负人家。有一天他终于提起一把菜刀追我去了。我没有能够逃脱,就在一个草垛的旁边,他落刀了。还好,他没有下死手。这个疤至今还在我的脑袋上,也是我的报应。

哑巴有名字,可没有人叫他的名字。乡下人有乡下人的特征,喜欢给人起诨名,所有的诨名都有一个共同点,抓住你的某一个毛病,一针见血,并一语道破——没什么大毛病的人都能让人给找出毛病来,更何况你有显著的标记呢。对乡下人来说，诨名是必需的，它让你下贱，它让你一辈子都记住一个铁的事实：你是下贱的，谁也别装模作样。

哑巴的父亲是一个木匠，他不停地提醒村子里的人，不要叫他的儿子哑巴，你们该叫他的名字。木匠的努力白费了。每一个人还是叫他的哑巴儿子"哑巴"。这一点哑巴是知道的，叫"哑巴"的口型在那儿，一看就知道了。因为我也叫他哑巴，所以我至今都不知道他的名字。

哑巴是我的邻居。在我们家的北部，就是哑巴的家。他的家有一个很大的天井，靠北的是主屋，靠南的则是厨房，同时也是鸡窝和兔笼。哑巴就住在厨房里，与鸡、兔同住在一起，他的床和我的床只隔了几十厘米。

说起来我们家和木匠家的关系非同一般，我一直喊木匠"舅舅"。长大了之后我才知道，一个女人让自己的孩子喊别人"舅舅"，对当事人来说是一件天大的礼遇。舅舅比叔叔亲。舅舅比叔叔"大"，舅舅上了酒桌之后要坐"上席"的。母亲很会"处世"，由此可见一斑。

苏北少年"堂吉诃德"

"舅舅"叫夏雨田。这个名字不俗。从他的名字就不难知道,"舅舅"出生在一个"识字"的家庭,所以他聪明一些,所以他做了木匠。夏雨田舅舅结婚之后一直没有孩子,他们就"抱"了一个。这个抱过来的男孩就是哑巴。后来他们终于有了自己的儿子了,起了一个很奇怪的名字,叫夏网存。在乡下,讲究的人家,尤其是老来得子的人家,男孩的名字一般都很古怪,它需要强调姓名安全性。水乡最大的威胁是什么?是水。但是,无论多大的水,有一张网就好了,网有利于存活,还有比"网存"更好的名字么?我在《平原》里头写过一个小男孩,我把他叫作"网子",原因就在这里。

网存差不多和我同年,无须讳言,网存是被娇惯的。一个是亲子,一个是养子,还是哑巴,他们之间不可能平等。网存欺负哑巴,我也欺负哑巴。哑巴不敢报复网存,哑巴却可以报复我。

究竟是为了什么,我真的记不起来了。哑巴突然发怒了。在他去拿菜刀的时候,想必我已是魂飞魄散。我哪里还能顾得上先前发生了什么,撒腿就跑。我还记得菜刀砍在我头上的那个刹那，并不疼。我看见我的血从我的胳膊上淌了下来。淌着淌着，后来才疼的。附带说一下，在童年与少年的打斗里，我的脑袋不知道破过多少次，我的智商一直对付不了数理化，很可能是我的脑袋受伤太多、流血太多的缘故。

我的母亲很关心哑巴，这是千真万确的事。作为一个乡村小学的教师，她一直渴望着哑巴能够说话。有一天，村子里放电影了，在故事片的前面照例放映了《新闻简报》。那一则《新闻简报》的小标题叫《铁树开花》，报道的是教育改革之后聋哑人会说话的事情。奇迹到底是奇迹，聋哑人都能喊"毛主席万岁"了。母亲或许是受到了电影的启发，她开始教哑巴说话了。她没有成功。在我大学毕业之后，我的第一份职业是"南京特殊教育师范学校"的教师，我所处的专业正是聋专业。我知道的，教聋哑人学说话要经历一个很系统、很严格的过程，有时还需要辅助设备——热情和爱心有时候也没有回报，母亲的专业是普通师范，她没有学过特殊教育，她怎么可能成功呢。

母亲说:"——毛!"

哑巴说:"——啊!"

母亲说:"——主!"

哑巴说:"——啊!"

母亲说:"——席!"

哑巴说:"——啊!"

母亲说:"——万!"

哑巴说:"——啊!"

母亲说:"——岁!"

哑巴说:"——啊!"

这件事就发生在我的童年,宛如昨日。我站在母亲的身边,一边看,一边笑。今天,我又回想起这个场景了,哑巴极度努力的样子就在我的眼前。我真的很难受。

黄俊祥

大概是1972年吧，不是十分准确，父亲做了初中二年级的班主任，同时兼任初中二年级的语文老师。

到了六月，学制两年的初中生毕业了。一件重大的事情摆在了父亲的面前，他必须推荐上高中的学生了。那时候的升学不用考试，是推荐，上大学都是这样，更不用说上高中了。

做过教师的人都知道，任何一个教师都是偏心的，他有他的心肝宝贝。他能做的只是尽量公正，但是，在私底下，他不可能绝对公正。

苏北少年"堂吉诃德"

在父亲的班里,父亲最喜欢的一个学生叫黄俊祥,他来自于一个叫"金崔"的村子。父亲每一次见到黄俊祥脸上都有笑容,这是很不容易的。父亲在我的面前都很少笑,他严厉和缺笑的面容方圆十几里都很著名。

黄俊祥最出色的一件事是写作文,这是父亲喜欢他的根本原因,哪一个语文老师不喜欢作文好的孩子呢?我从小就喜欢看父亲批改作文,我读过数不清的作文,我读过数不清的批语和评语,这对我的未来是有帮助的。它帮我建立了标准,什么是"好",什么是"不好",父亲的批语和评语在那儿。

(对了,1977年,中堡公社搞了一次语文大赛,包括作文。我考了一个不可思议的高分。试卷是父亲出的。成绩出来之后我受到了质疑,类似于《藤野先生》里头的"勿'漏'为要",影响很不好。我和我的父亲什么都没说,他很淡定,我很愤怒。我们这一对父子是多么骄傲的人,都骄傲得过分了。我们怎么可能干那样的事。)

父亲批改作文很敬业,也严厉,任何一点"逻辑上"的谬误或语病都逃不出他的眼睛。他的批语才华横溢，苛刻里头有幽默，类似于上海作家陈村先生的"促狭"。说到底父亲还是过于无聊了，他很享受他的"文学评论"。父亲是严格的、吝啬的，他很少在批语或评语上表扬学生。

但父亲在赞许黄俊祥的时候不甚冷静，常用"好"和"非常好"这样的短句。在我还不知道"黄俊祥"是谁的时候，我就熟悉他了。他的钢笔字也很漂亮，一句话，在父亲的眼里，黄俊祥哪哪都好。

父亲还做过一件夸张的事情，把黄俊祥的作文拿出来，专门读给我的母亲听。后来我就认识黄俊祥了，高个子，很帅——你要相信的，老天爷并不公平，在校园里头待了那么多年，我就没见过学习很好而相貌猥琐的学生。

不幸的事情立即就发生了，父亲送出了他的高中生推荐名单，黄俊祥所在的金崔大队，也送出了推荐名单。这个名单有出入，一个有黄俊祥，一个没有。

在父亲的教师生涯里，最紧张的一件事就这样来临了。

我相信父亲没有预料到这样的结果，他去了一趟金崔大队，带回来的消息很不好，黄俊祥的"家庭成分"有些"小问题"，要不就是黄俊祥外婆的"家庭成分"有些"小问题"。但是，即使是1972年，还是有一小部分"家庭成分"有问题的学生获得了上高中的机会，黄俊祥为什么就没有呢？他被人"顶包"了。父亲很不甘，他开始了他的努力。

我不想说父亲有多善良，我只想说，所有的教师都有一个基本心态，希望自己的学生，尤其是自己所看好的学生能有一个更好的发展。有些学生继续读书是没有意义的，而另一些学生，一旦得到同样的机会，他会把自己塑造成另外的一个人。教育就是这么回事，永远是这么回事。这不是不公平，相反，这才是公平。

一连好几个来回，形势都不容乐观，父亲越来越沉郁了。黄俊祥的老父亲终于出面了。他来到了我的家。他把他所有的希望都寄托在我父亲的身上。他笨拙地说着"好话"，希望能感动我的父亲。父亲呢，也一直在说"好话"，他一次又一次地表达他对黄俊祥的喜爱。我坐在一边，心里头已经很清楚了，父亲是"没用"的，他的任何意见都不可能成为"决定"。父亲也表达了这个意思,就差说"我没用"了。但是,绝望的人就是这样,他盼望奇迹,他盼望最后的一根稻草能够提供足够的浮力,好让他慢慢下沉的身躯再一次浮出水面。黄俊祥渴望上高中,他在家里也许已经失去了理智,他在逼他的父亲,他的父亲只能来求我的父亲。黄俊祥的父亲勾着腰,笨嘴笨舌,却也竭尽全力。

大概就在发榜的前夕,一个大清早,我打开家门,突然发现我家的门扣上挂着一块猪肉,二斤的样子。虽说只是一个八九岁的孩子,我第一眼就知道了,这块肉是黄俊祥的父亲在天亮之前送来的。这是他最后的希望了。他一定看出来了,唯一愿意帮着他儿子说话的,只剩下我的父亲。他依然没有放弃。他在做最后的挣扎。

我至今还记得那一天的情形,我们一家人都在回避那二斤猪肉。家里的气氛很沉重。我估计我的父亲一直在盘算:如何去处理这二斤猪肉呢?退是没法退的,因为你根本不知道这块猪肉是从哪里来的;不退也不行,因为我们都知道这块肉是从哪里来的。心知肚明而又无

苏北少年"堂吉诃德"

法言说,这大概是人生当中极为纠结的一件事了。

天气太热,一块猪肉是不能存放太久的。扔掉?这是不可能的。我敢肯定我的父亲想都没有这样想过。在1972年,没有人会做出那样疯狂的举动。大约在傍晚,父亲决定了,他让我的母亲拾掇那块猪肉去了。

孩子都是馋的。但是,即便馋成我这样,我在吃肉的时候依然有罪恶感。"罪恶感"这个词在当时是不存在的,一个孩子对自己的内心活动不可能有那么精确的命名能力,但是,我心里头极其古怪,这是真的。整个晚饭都非常古怪,这也是真的。这就是为什么我至今还记得这顿猪肉的根本原因。但我说"罪恶感"一点也没有夸张——后来我见过已经成为"社员"的黄俊祥,我选择了回避。

我估计我的父亲也有罪恶感。我这样说当然有依据,他一直在创造机会"补偿"黄俊祥,一个没有罪恶感的人是不会那样的。机会终于来了,就在第二年的秋天,我的父亲专门把黄俊祥"请"回了学校,父亲让黄俊祥给在校的学生作了一次报告。这个报告我没有听,我知道黄俊祥会说什么:没有上高中,一样可以为国家做贡献——就像毛泽东所说的那样:"广阔天地,大有作为。"当然了,这个"广阔天地"不包括工厂、部队、学校、商店。它是农田。它只是农田。

这么多年过去了,公正地说,父亲是不该愧疚的。他把我们三个孩子养大已是不易,他又能有什么"用"呢?在最困难的时候,他的大女儿退过学;他的二女儿和他的小儿子是小学里的同班同学,为了避免两个孩子同时"推荐"上初中,他只能让他的小儿子在小学五年级的那一年选择留级。对自己的孩子他也只能如此——他又有什么"用"呢?

我不知道黄俊祥现在在哪里,他也是年过半百的人了。兄弟?你还好么?我的父亲没有能够帮助你,我在这里祝福你的儿女、祝福你的孙辈。最重要的是,如果你能读到这本书,我想告诉你,作为你的老师,我的父亲,他真的非常非常喜欢你。你要原谅他。耽搁你的真的不是我的父亲。

我们有机会见面么?我多么希望我们能够坐在一起,好好吃一顿猪肉。

陈德荣

陈德荣是我到了中堡之后认识的,比我年长两岁。从理论上说,我不该和陈德荣在小学阶段做同学,但是,我留级了,这一留,我们就成了同班同学。

我们是非常好的朋友,可我们的性格都偏于强势,所以,我们之间也有问题,这在小伙伴之间是常有的事。我的母亲把这样的关系叫作"狗脸亲家"——"狗脸亲家"说好就好,"狗脸亲家"说翻脸就翻脸。我们打了,好了,又打了,又好了。循环往复。他的拳头比我硬,我的速度比他快。

1976年的9月，我们俩同时进入了中堡中学。他是甲班的班长，我是乙班的班长。10月，中国迎来了大事件，"四人帮"被粉碎了。我们"和全国人民一样"，在外"欢欣鼓舞"，在家里吃喝拉撒。

就在11月，天开始冷了，陈德荣做了一件惊天动地的大事。校长不知道为什么生了陈德荣的气，就批评了陈德荣和他的三个同学，说陈德荣在搞"四人帮"。陈德荣更生气，他要报复校长。他用粉笔在公社革委会的大门上写下了五个字。套用一句当年的术语，他写了"五字反标"。他都"四人帮"了，那就要干"四人帮"该干的事。

第二天的一早我的母亲就把我从床上叫起来了，她故作镇定，让我"听写"。这是不同寻常的。我不知道发生了什么，但我预感到发生了什么。当我反反复复书写"打"和"倒"这几个字的时候，高度的政治敏感已经充满了一个十二岁少年的心。我慌了。母亲更慌。她把我的字看了又看，极度地焦虑，还不敢明说，不敢问——我有坏毛病的，喜欢到处写。有时候用粉笔写，

苏北少年"堂吉诃德"

有时候用铁钉写。

当我确切地知道真实情况的时候,我更慌了。我都开始怀疑我自己了。我吃不准——后来回忆起来的时候,我们班绝大多数同学都被这样的心情所折磨。我们不停地"听写",小组"听写",班级"听写",学校"抽样听写",上级"考察听写"。

但专政的力量毋庸置疑。时间很短,破案了。是陈德荣写的。我松了一口气。原来不是我,这让我高兴坏了。专政的效率更是雷厉风行,陈德荣被开除,陈德荣被"定性"为"现行反革命"。因为年龄的缘故,陈德荣没有被县公安局带走。

陈德荣被开除了,但陈德荣不允许离开中堡中学。"中堡中学大批判小组"在第一时间就建立起来了。队长是一位老师,队员则是初中一年级的"好学生"。初一(甲)班五个,初一(乙)班五个。十个人。说起来真是不可思议的,十是中国政治里头极为要紧的一个数字,所有的"坏人"都有"十大罪状"——不多,也不少。我们被集中起来了,读了很长时间的报纸,也喊口号。最后，我们统一了认识，同时确定了陈德荣的"十大罪状"。批判小组把每一条罪状分配给了不同的队员，太巧合了，正好一人一个。我的题目我依然记得：《陈德荣是一个惯偷》。这个题目很不好，每一次批斗都会引来笑场，人们把"惯偷"听成"罐头"了。我要求改动，被拒绝了。稿子是审批过的，"一个字都不能动"。

批判稿都是队员们自己写，然后，"交上去"。我的稿子是怎么写的呢？简单地说，栽赃。我所写的东西里头没有一样是真的，大批判小组里头的"十大罪状"没有一样是真的。全是栽赃。很奇怪，我们都清晰地知道我们在栽赃，但是，在那样一个特别的语境里，栽着栽着，不知道自己在栽赃了——我甚至把小学阶段的一些"失物疑案"也栽赃到陈德荣的头上去了，"事实证明"，那就是陈德荣偷的。"事实"在不断地"证明"，陈德荣做出"这样的事情""绝非偶然"。他早就有"预谋"了，他早就在"积蓄"了。

我唯一的担心是我的栽赃"不够"："不深刻"，"不全面"。

苏北少年"堂吉诃德"

我想说的是,十二岁的孩子也可以迷狂,十二岁的孩子也可以很邪恶——我当年就是这样的。只要"上面"需要,什么都做得出来,什么都敢。

"中堡中学大批判小组"终于出动了,一个村一个村地走。没有人敢和陈德荣说一句话,我也不敢。陈德荣是自觉的,每一次他都走在队伍的最末端。我得说实话,最初的一两次我挺高兴——你他妈的拳头硬,现在你还硬不硬了?但时间久了,也有我看不下去的时候。我想说一件事,在批判大会散会之后,我们"批判小组"的老师和学生,每个人都能得到两个烧饼和一碗开水。一开始陈德荣以为也有他的份,他都过来了。但事实是无情的,计划是无情的,陈德荣没有。他必须饿着肚子。后来再发烧饼的时候,陈德荣就离得远了,也不敢太远——他的这个举动给我留下了触目惊心的记忆。

十二岁,一个孩子,在特殊的背景底下,他在1976年参与了一项邪恶的事情,我想我不会苛求自己。但是,我清晰地感受过内心的邪恶,我清晰地感受过我在邪恶面前所表现出来的兴奋——这些都是真的,这是绝对不可以被遗忘的。

　　我至今还能清楚地记得我在破案之后的心理状态。随着陈德荣的被"定性",我一阵轻松,突然意识到我依旧是一个"好人",这个"好"在迅速地扩张、膨胀,都接近"英雄"了。我在刹那之间就建立起了巨大而又可靠的道德优势——从今往后,我说陈德荣是什么,他就是什么。我没有权力,可我就觉得自己拥有了切实、有效的权力。有一句话我在当时还说不出,但意思都在:因为别人的垮掉,我自然成了一个掌握了绝对真理的人。"事实证明",我是。我获得了一种前所未有的自信。

　　自信这东西极为复杂,有心智上的自信,有肉体上的自信,但是,有一种自信我们必须警惕:道德自信。因为道德自信,一个人极容易陷入迷狂,它让你手握绝对真理,然后,无所不为。这个无所不为自然也包含了无恶不作。作恶和道德上的绝对自信永远是一对血亲兄弟。

　　胡适说,宽容比自由更重要。老实说,直到今天我

苏北少年"堂吉诃德"

也不敢确定谁"更"重要,但是,从我的成长经历来看,告诉自己不拥有绝对真理最重要。因为不拥有绝对真理,你才能宽容,因为不拥有绝对真理,精神上才有足够的时间与空间,你才有自由。

熟悉我的读者都知道,我写过不少关于"文革"的作品,但我从来没有写过"反标"题材。有一度,这个题材相当热门——现在,我的读者想必知道了,我为什么不愿意写。我在回避。我不情愿去碰它。这里头有我的软肋,我的疼。

随着年龄的增长,陈德荣的音容笑貌越来越多地出现在我的记忆里。说实话,我很害怕哪一天突然见到他。但是,我知道的,我迟早会遇见他,我迟早会面对他。这件事我必须面对。今天不面对,明天还是要面对,逃不掉的。2003年11月,还有两个月我就是一个逼近四十岁的中年人了。我告诉我自己,不能等了,不能等"人之将死其言也善",那太漫长了,那太不体面了。四十岁之前我必须在这件事上对自己有一个交代。通过多方的辗转,我找到了德荣兄的电话,我们聊了很久。

我把想说的都说了。但是，我非常清楚，这是没有意义的——于德荣兄没有意义，他所受到的伤害我们只能想象，永远也无法体会，他的小半辈子其实都毁了；于我也没有意义，那件事我做过，这是抹杀不掉的。无论如何，1976年，我十二岁，那是我人生当中最丑陋的一年。

但我这么做依然有意义，我愿意用一句粗俗的话来寻求这样做的意义：出来混，总是要还的。我能够安慰自己的只有一点，自己去还，和被别人在大街上逮住了再还，这里头有区别。

我要感谢德荣兄的海量和善良。祝你平安、幸福。

那样的事情我永远都不会再做了？不，我不会这样说。这样说是很不负责任的。我愿意相信，那样的事情我依然有可能再做，因为胆怯，因为虚荣，因为贪婪，因为嫉妒，因为自信，因为不可思议的"一个闪念"，都有可能，只要外部提供充足的条件。作为一个年近半百的人，我不愿意独立地相信我自己，我也不愿意独立地相信外部——我更愿意相信向善的生命个体与向善的外

苏北少年"堂吉诃德"

部条件所建立起来的向善的关系。

  我不会那样说还有一个重要的原因,我情愿把那样做的可能性悬置在我的内心,这对我有好处——你想心安理得,你就得小心你自己。

  2013年2月28日三稿于南京龙江

故事总是这样开始:"从前……"(代后记)
——毕飞宇《苏北少年"堂吉诃德"》

奥地利医生弗洛伊德曾几次三番地强调童年对人一生的影响。这种影响对从事文学艺术的人来说尤其厉害。他曾经以歌德、达·芬奇、陀思妥耶夫斯基等为例子,把他们的作品与他们的童年生活一一对照,说出了许多惊人的秘密。如果这位医生的话是对的,那么,了解一位作家,或者将他的作品读透的最好方法就是去翻看他的童年,不管是大事小事,都会意味深长。

所以,毕飞宇的《苏北少年"堂吉诃德"》首先的意义是精神分析学的,是创作学的,肯定会被那些搞传

苏北少年"堂吉诃德"

记批评的评论家抓住不放，深挖不止。事实上，我们确实从毕飞宇的往事中看到他作品的许多原型，虚构的生活与实体的生活在这儿得到了草蛇灰线样的印证。故乡与童年是那么强大，不管他小说的风筝飞得多高多远，那根线总是系在苏北的那块洼地上。我们不难从飞宇的回忆中寻找到他小说的蛛丝马迹。《写字》中在操场上以地作纸的男孩显然有着作者童年的影子，而蛐蛐让作者如此难忘，以至直接用其作为小说的篇名，《枸杞子》中的手电筒也可能就是作家童年的家电……如果不是故乡特殊的地理地貌——那一望无际的大水，也许少年时对空间的想象不会那么深刻和强烈，直到成年还会以《地球上的王家庄》顽强地挣扎出来。毫无疑问，毕飞宇的知识是丰富驳杂的，但乡土系列始终是他知识谱系中的强项。他说如果没有少年时代的经验和父辈的传授，连他自己都难以想象会写出像《平原》《玉米》这样的作品。而"文革"对一个少年的影响也比人们想象得要深重得多。我很惊讶在这样一部童年记事中作者对自己少不更事所持的严厉态度。一个有着复杂身世的孩子在那个时代注定要承受比别人更多的歧视和压力，但他同时可能在有意无意中使同伴受到伤害。这样的童年经历会让作者成年后有了更多的清醒，特别是自省，对专制有了更自觉的批判。谁能想到，一个人价值选择的根据有可能要追溯到他遥远的童年。

所以，我们可以将这部有趣的关于作者往事的纪实性作品看成作家的成长叙事，当然也可以看作一部教育叙事。不过，这么看首先取决于我们怎么理解教育。教育其实是很宽泛的，并不是我们所狭隘理解的那唯一的学校教育。如果按照这种狭隘的理解，那么毕飞宇这部作品中的许多叙述都称不上是知识，起码不是有用的知识，遑论教育？但教育就是在我们不以为是教育的地方发生了，而且，它对一个人成长的作用可能远远大于学校，重于老师，多于书本。也许，我们的一些家长会从飞宇的这部书中获得许多启示，并由此调整他们对孩子的教育方针。我记得俄国思想家洛扎诺夫就曾经武断地认为家庭是最好的学校。他认为家庭能影响孩子的人生观，能给孩子爱和自由，能让孩子认知什么是生活，而这比知识，比考学生要重要得多。洛扎诺夫觉得人的成长最重要的是如何做人，而"只有家庭，也唯有家庭才能培养儿童最重要的文化品质，教给儿童最高尚、最基本的东西"，这些东西是"有规律的、宗教性的，且富有诗意的东西"。"个人正是通过家庭、进而通过社会同整个人类融为一体并感悟生与死的奥秘。"他这样比较家庭与学校："家庭唯一能给孩子的是使之健康成长，使之有信仰，使之处事认真，这就是给孩子工具，就像给旅行者手杖一样。如果家庭能做到这一切，就让学校给孩子其他次要的知识吧。"仔细想想，还真的有道理。毕飞宇也许没有认真地去盘点他的家庭，也没有刻意回忆他的长辈是如何教育他的，他又从他们那儿学到了多少，但他写了他的少年生活，这种生活是以家庭为核心的一种延展。由家庭，他开始走进村庄，慢慢地小心地拓展着他的生活半径，这样的拓展如同积墨法一样不断渲染出一种氛围，这种氛围在潜移默化中给了一个孩子基本的人生意识，他的好奇，他的怀疑，他对生活的兴趣，他对劳动的理解和参与……这其实都是我们生活必须遵循的精神。即使说到知识，也很难说哪种更有用，是学校课本中那些有体系的知识，还是日常生活中散漫的经验。从根本上说，学习的目的肯定是为了生活，起码是要养成运用知识的意识，如果一个人不能"感时花溅泪，恨别鸟惊心"，很难说他的语文学好了。如果他不习惯在市场上与人讨价还价，那也不能说他具备了生活中的数学意识。同样，我们还有"化学生活"、"生物生活"，这些都是我们应该学会和拥有的。想一想，在这样一个有毒的世界，这样的生活自觉有多重要。

毕飞宇早就跟我说要写这样的一本书，也许因为我和他是同代人，所以看了之后觉得特别亲切。我知道这样的感觉除了有相似的经验外，代际间的身份认同可能也是原因之一。不过，我并不是过分的自恋，与后代相比，我确实认为我们可能拥有比他们的生活有趣得多的回忆。我问我的女儿："你的童年是什么？让你回忆，你会说些什么？"她想了想，说："《猫和老鼠》、《小龙人》、'小虎队'、'超级玛丽'、《新白娘子传奇》、'流星花园和F4'……"这些就是她的年轮，只有通过它们，她才能将她的那段人生完整地穿起来。她特别遗憾地说我那年没有允许她看《新白娘子传奇》，这让她的人生少了一个节点，现在同学们回忆往事到这一年，她只能无话可说并且因此受到了同学们的奚落。她不无夸张地说她的这一段人生是无法弥补的空白！这就是女儿的童年，他们的回忆。其实，相比起她的不少同学，她与现实的联系应该还不是完全脱节，她应该记得小城的街道和小吃，知道四时节令与农事，叫得出许多植物的名字，而不完全是电视与游戏和那些由虚拟符号构成的世界，也许她的同学们也有着相似而又相异的经历吧？但这一代的身份定位迫使他们对其作了选择性的遗忘。

一代人有一代人的生活，有一代人的成长资源，也有一代人的文化记忆。从这些视角看去，我们与他们的差别实在太大。不管我是不是抽象了他们，我还是倾向于认为我们的童年更丰富。这不仅是因为学校教育占去了太多的时间，也不仅仅是因为升学的压力使他们无暇顾及其他，而是因为这个世界正在从他们脚下将大地抽去。一个人的童年，一个人的成长最好要与日常生活相关，尽可能完整地参与到日常生活中去。一个人的知识和对世界的看法不能仅仅来源于书本，而要形成或验证于他与自然的关系，他要与天空、大地、河流、乡土植物，与和人们的生存不可分离的动物们建立友谊。这样的关系应该是亲密的，带着质感与气味，甚至是肌肤相亲。这样的生活才是接地气的。少地气的生活对人的影响有多大？也许，一代人甚至几代人都不会看出来，但总有一天会意识到，如何让孩子们拥有全面、健康、自由和自然化的生活，是一个问题。

这也许是我的看法，连毕飞宇也未必同意。确实，否定一代人的生活，哪怕仅仅是他们的童年也是轻率的和危险的，说出自己曾经的生活，让它们流传下去才是正事。既然每代人都做过或正在做这样的事，那就让我们继续做下去。

汪　政
2013年端午节于龙凤花园